野《の》分《わ》けのあとに

和田真希

Maki Wada

産業編集センター

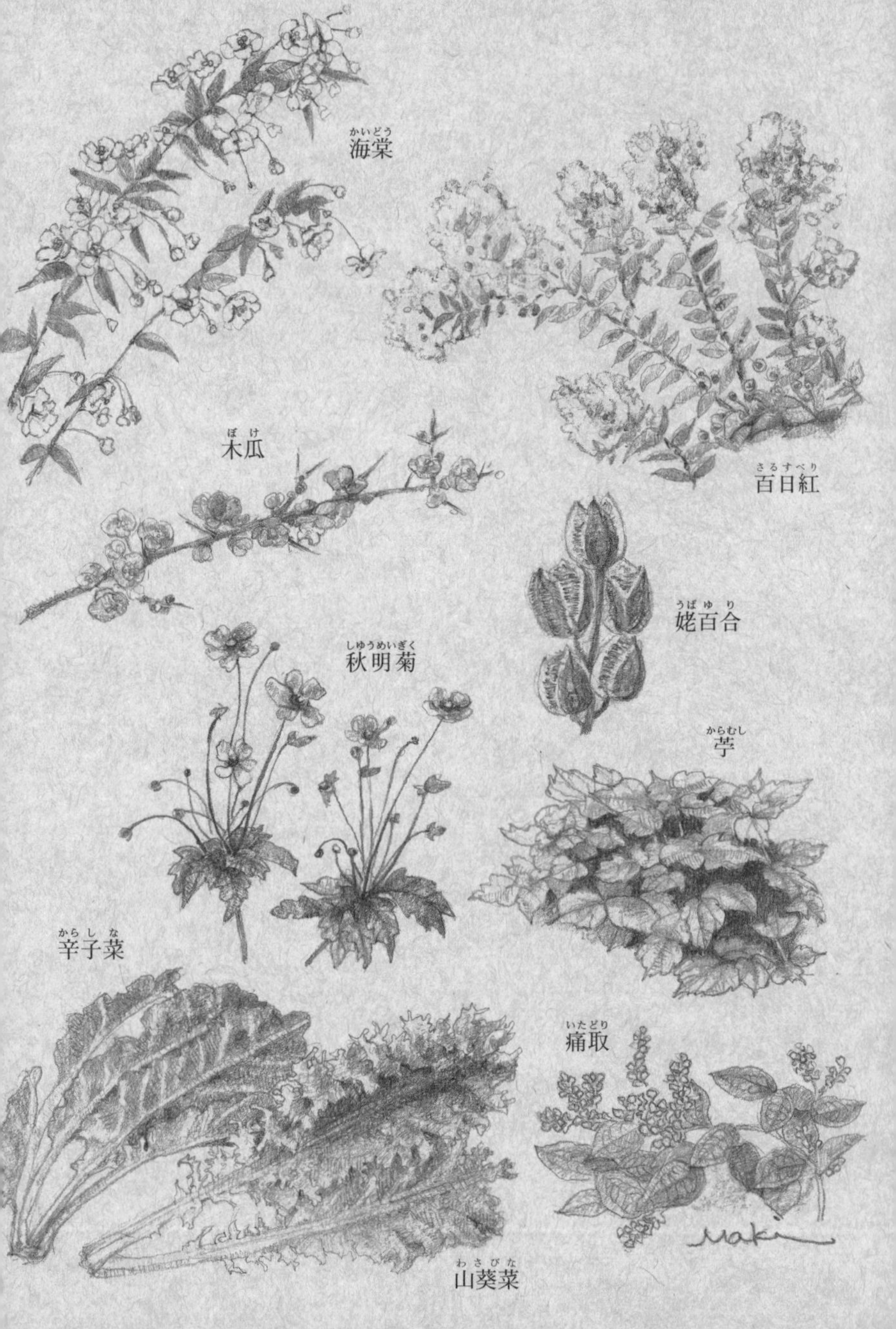
海棠《かいどう》
百日紅《さるすべり》
木瓜《ぼけ》
姥百合《うばゆり》
秋明菊《しゅうめいぎく》
苧《からむし》
辛子菜《からしな》
痛取《いたどり》
山葵菜《わさびな》
Maki

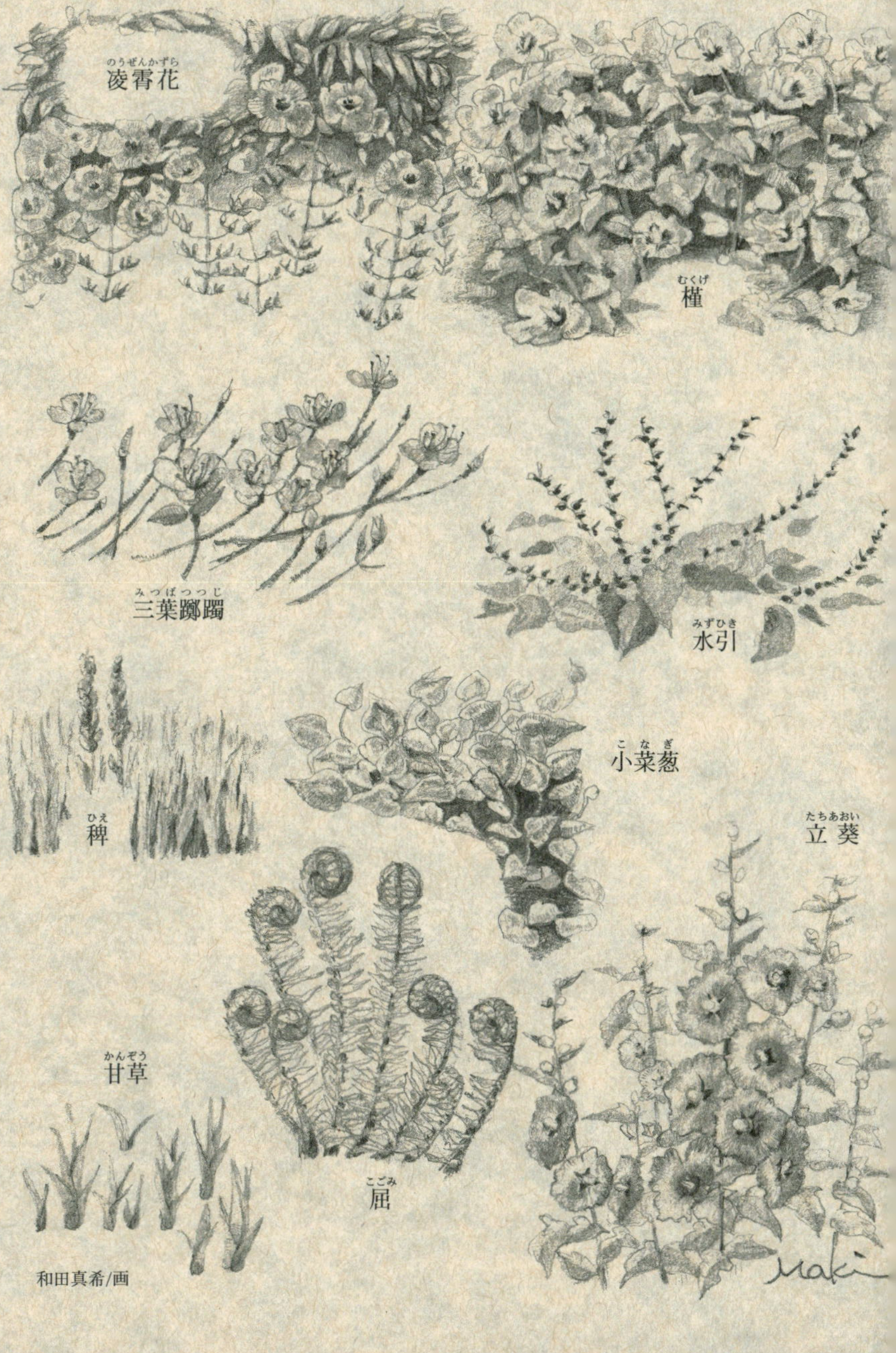
凌霄花《のうぜんかずら》
槿《むくげ》
三葉躑躅《みつばつつじ》
水引《みずひき》
小菜葱《こなぎ》
稗《ひえ》
立葵《たちあおい》
甘草《かんぞう》
屈《こごみ》
Maki

和田真希/画

Illustration
山本由実

bookdesign
albireo

野分けのあとに

朝起きたらまず、顔を洗う。

昨日の残りのお湯をポットから洗面器に空けて、分厚い布団から抜け出てまだ間もない手をお湯に浸す。眠っているあいだに働くことを休んでいる手は、その数時間だけで、すでになまってふやけてしまっている。その手で昨日の余韻を残したお湯を掬《すく》いとり、顔を浸していく。朝一番のぱりっと張ったタオルで顔と手をよく拭くと、自分の体の焦点が、朝に合わさっていく。

寒さで固くなった健康サンダルの感触をごつごつと足裏に感じながら土間に降り、一升釜に水を張る。うちの土間には、薪を積んでおく薪棚、ご飯炊きやお湯を沸かすためのかまど、かまどの灰を掻きだすための十能《じゅうのう》、焚き付け用の新聞紙や割りばしが、ぎゅうぎゅうに押し込められた段ボールなどがある。マッチでひとたび点火すると、新聞紙や割りばしは万能な熱に変わる。

去年のうちに切りだして乾燥させておいた杉の薪を割る音をひとしきり土間に響かせたあと、新聞紙、割りばし、薪の順にかまどのなかに積み上げる。一番下の新聞紙にマッチで点火すれば、冬の乾きも手伝って燃え広がるのに時間はかからない。

一日の始まりに、お湯を沸かして二リットルのポット三本に入れておけば、なんにでも使える。料理に、お茶に、おやつに。ことあるごとにポットからお湯を出すと、朝の小さな努力を称えたくなる。そしてそれは、今こうして、翌日の朝までも続く。

水面は小さく漣《さざなみ》が立ちはじめ、じきにゆらゆらと動いていく。すこしそれを眺めたら、釜に重い木の蓋をして、土間の勝手口を出る。

透き通った、乾麺のような光が空から差し込みはじめ、瑠璃色だった空を新しく塗り替えようとしている。気温は低い。

午前六時。

かまどでお湯を沸かしているあいだに、犬のメイの散歩に行く。悠太が起きてしまう前の一仕事だ。氷の破片でも混ざりこんでいるかのような、きらきらとした空気を肺に入れて吐き出すと、人間も犬も、平等に息は白い。空は、暗いカーテンを裾に引いて今日という日を集落に迎え入れる。


「毎日、寒いなあ。今日は鶏小屋の日当たりをよくしなきゃダメかな」

朝一番の、鶏に餌をあげる作業を終えて帰ってきた慶介《けいすけ》さんは、両手で湯呑をつつみ、肩をぎゅっと固く昇らせて言った。

犬の散歩から帰ってきた私は、食堂の薪ストーブにも点火した。薪ストーブの上に大きな鍋を二つかけて、一つの鍋のなかに大根、ちくわ、薩摩揚げを放り込んで醤油と味醂《みりん》で煮込む。もう一つの鍋でご飯を炊く。土間のかまどから出てきた大きな湯気が、お湯が沸いたことを知らせる。三本のポットにお湯を取る。七時ころに悠太《ゆうた》がほかほかした顔で起き上がってきた。天真爛漫にあちこちに動く手足になんとか中綿のしっかりした服を着せる。

薪ストーブは点火してから十分ほどで、部屋の細部にも熱を届けるようになる。温かい風を高い場所から吹かせるエアコンとは、そもそもが違う。火を蓄え、芯から熱を発することで部屋の空気を変える。家の外とはまるで違う環境を、しばし作り上げてくれる。食堂の窓から差し込む光が、煮物の湯気を輝かせた。慶介さんとようくんが朝の仕事を終えて玄関をガラガラと開けた。朝食が始まる。

「あーったけー。外は寒かったあ」

一緒に住んでいるようくんも同じ食卓につき、大きく息を吐いた。

「日当たりが悪いと、鶏ってたまごを産まないんだよなあ」

慶介さんは、今日の計画について考えを巡らせ始めた。

うちの鶏小屋は、まず木の柱を建て、壁にはワイヤーメッシュが使われている。屋根はトタンだ。そのワイヤーメッシュには、ほうっておくと、鶏の羽毛や、土埃《つちぼこり》、鶏の足元に敷いてあるおがくずや、籾殻《もみがら》などが絡まって、どんどん鶏に届く光や温度を遮ってしまう。竹ぼうきを持って鶏小屋に入り、大胆に壁を払ってくことで、一時間もすれば見違えるように鶏小屋は明るく、暖かくなる。

ただ大変なのは、その作業をする人間が軽装備だと、頭から肺のなかまでも煤《すす》と埃だらけになってしまうことだ。帽子に、ゴーグルに、マスクに、ヤッケに。私たち三人の頭のなかには、重装備の準備が駆け巡る。


慶介さん、私、悠太と、洋一《よういち》くんの四人で暮らしている。

私の家は、神奈川県西丹沢の山の中にある。

標高は四百五十メートルを超え、気温は平地に比べたら五度以上低い。夏は避暑にもなるが、冬には覚悟が必要だ。小さい町なので、町役場などのある中心部からうちまでは車で三十分はかからないのだが、問題はその道中だ。山道はいまだに舗装されておらず、風が吹けば大きな岩が落ちてくるし、獣が通って道を崩していくこともある。大雨が降れば、山に降った水は一気に下の川に向かって道を駆け抜けていくので、道はゆるんで崩落することもある。停電、寸断、およそ大災害のときにしか聞かないこの言葉は、ここに住めばむしろ日常的に使う。

「食料と水だけはたくさんあるから、孤立しても一か月は大丈夫だろ」

慶介さんはあっけらかんとしている。いざとなれば、猪も鹿も仕留める。野菜のみならず、肉だって調達する。納屋には、秋に脱穀したお米が何十ものコンバイン袋に詰められて行儀よく収まっているし、畑は一年通して作物が途切れることがない。手から、口から、体のなかにまで触れて吸収されるものを、自分たちで作る。私たちは真水みたいだと思う。

ようくんは高校生の年齢なのだが、全日制の高校には行かず、通信制の高校に在籍している。出会ったときは、まだ小学校四年生の少年だった。

ようくんは、どちらかというと町のなかの拓《ひら》けたとこのマンションに住んでいた。ようくんのお母さん、咲江《さきえ》さんによると、ようくんは昼のあいだずっと、部屋のなかで小さく固まり、微動だにしなかった。テレビ、ゲームも触れてみたものの、のめりこむようなものではなかった。

専業主婦の咲江さんは、町営の農産物直売所『やまなみ』で地元のお母さんたちの手作り天然酵母パンや、採れたての山菜などを買うのが好きだった。

ある日、それまでは名前のなかった生産者が新しく野菜の売り場に名を連ねているのに咲江さんが気が付き、店員さんに訊いたことが始まりだった。

「ああ、なんだか、北杉集落のほうで新しく就農した村山さんっていう若いお兄さんがいるんです。たしか二十代かしら。まだたまにしか出されないんですが、これから農園を開きたいとか言っていましたよ。なんだか必死で集落を開墾しているとかで……、若いからできるんでしょうねえ」

町営の農産物直売所の店員さんは、農協に組合員登録している農家の人たちが交代でお店番をしている。皆、自分たちの生産したものを売りつつ、店番をすることで助け合っている。

咲江さんは、村山慶介と書かれたバーコードが貼られた一把《わ》の人参葉《にんじんぱ》を手に取って、日焼けによる皺《しわ》がくっきり刻まれた店員のおばあさんの顔と、人参葉を交互に見た。

「そうなんですか……」

レジの向こうにちょこんと座った店員のおばあさんは付け加えた。

「人手が足りないんですって、言ってらしたわね」

これがきっかけとなり、咲江さんは山奥にようくんと共に現れるようになった。

私が慶介さんの見習いを始めて一年が経ったころ、北杉集落にオレンジ色のワゴン車がやってきた。車の運転席の窓が開いて、咲江さんがぬっと顔を出した。私は車に駆け寄った。

「ここで村山さんという方が農業やってらっしゃるって伺ったんですが……」

「あ、はい、確かにそうですが」

私は慶介さんの代返をした。

「農業って、どうやってやるんですか。うちの息子にもできますか。通ってきてもいいですか」

「えっと……」

一気に質問されると、最初に何を訊かれたか思いだせない。私がまばたきを何度もしていると、慶介さんが私の背後からやってきて、咲江さんに声をかけた。

「車を、ここの畑のわきに停めていただけますか。ここは今から耕運機が通りますので」

「あ、ごめんなさい」

私は慶介さんが車を誘導しているあいだに家にひっこんで、お湯の入ったポットとインスタントコーヒー、『カントリーマアム』などを持ち出した。

「ちょっとお茶しながら、縁側で話しませんか」

私が咲江さんに話しかけると、咲江さんはいささか恐縮して車を降りた。同時に、遅れまいと慌てて後部座席から飛び出てきたのは、長い前髪の奥に大きな眼鏡をかけた、痩せた少年だった。まるで一反木綿のような薄さで、ぴったりと咲江さんの背中に貼りついている。

「よかったら座ってね」

「はい」

少年に声をかけたつもりだったが、咲江さんが返事をした。そして、あんたも座んなさいと少年に促し、二人は縁側に浅く腰かけた。

「ここのお菓子、食べていいよ」

私が少年のほうを見て言うと、咲江さんは、ほらと言ってまた少年を促した。少年の眼鏡は、細い鼻筋に乗せるにはずいぶん重そうで、目を伏せながら透き通るような手をお盆に伸ばし、『カントリーマアム』の赤い袋のほうを一枚、やっと破いて口に入れた。

「あの……私は渡辺咲江と申します。こちらは洋一です。この山を下りたところの、商店街の裏のマンションで、二人で暮らしてます。ほらあいさつ」

猫背、というか、背骨に一度も力を入れたことがないのではないかというくらい、くにゃりと曲がった背中をさらに曲げて少年は会釈した。

これが、咲江さんとようくんとの出会いである。

「農業って、体を使いますよね。力を出しますよね」

「はい」

私は異論なく頷いた。

「洋一に、とにかくそういうことをさせたいんです」

「はあ」

確かに、この少年を家の外にひっぱりだしたくなる親の心情は分かる気がする。

少年は、嫌だともいいとも言わず、ガラスのように澄んだ目を伏せたり、ずり落ちる眼鏡をぐっと指で鼻筋に押しあてて元に戻したり、昼寝をしているメイをぼんやり見つめたりしている。

「私も小田原から毎日のように通ってきていて、農業を教えてもらっているんです」

「え、そうなの。農業はやったことあるの？」

「いいえ、あの……家庭菜園をしたかったんですけど、どうやったらいいのかよく分からなくて、援農しながら教えてもらっているんです」

「そうなんですか。……うちね、夫が単身赴任でずっと上海に行っちゃってるんだけど、家で二人きりでいるともう……」

咲江さんは、そこで喉をぐうと絞り、言葉を切った。

「ああ！　そうなんですか。私も父がずっと単身赴任だったんですよ、国内でしたけれどね。帰ってくるのは週末だけ。理系の企業で、カメラのフィルムを作ったりしてたんですけど、フィルムからデジタルカメラが主流になってからはフィルムそのものが売れなくて。新しく売れる、フィルム以外の商品開発みたいなところに所属してて、そりゃもう会社のプレッシャーが半端なかったような雰囲気でした」

「へえ、そうなの。研究者さんかしら。大変ね」

「いや、そんな専門的な研究者ではないと思いますが……、まあ、あのときはみんな大変でしたよね、物は売れないし、売れるとしたら安いものばっかり。ただでさえデフレでしたもんね」

咲江さんは嬉しそうに笑った。こんなに嬉しそうに笑うなんて、よほど困窮していたのかもしれない。

「農業を、教えるというよりも、一緒にやっている感じです。たまにすさまじい仕事に巻き込まれることがありますよ」

慶介さんが、私の後ろから体を折って、咲江さんに言葉を投げた。

「いいえ、それでいいんです。がんばります。このお嬢さんのように、通ってきても大丈夫ですか」

実感のあるなにかを。

とにかく、触れさせた。

鶏の啼《な》き声を、虫の羽音を、草刈り機に注ぎ込むガソリンの匂いを、土が爪に入りこむむずかゆさを、ようくんは青白い肌のなかに少しずつ取りこんでいった。ちゃんとした骨と肉を持って生まれてきたのに、ようくんはその動かし方を知らず、何もできないでいた。咲江さんはちゃきちゃきとした動きで、初めてというわりに畑仕事を手際よくこなしている。その勢いのある背中にくっついていくのが精いっぱいだとばかりに、ようくんはほろほろと崩れそうで、畑に伏して苗植えをする咲江さんの後ろにしがみつくように立っていた。

ようくんが十三歳になった冬。里芋掘りが終わってコンテナに詰め、ポットのなかの熱いお茶を、畑に座って皆で分け合っているときだった。ようくんは突然、口を開いた。

「ここに住みたいです」

咲江さんはぱっと眉を高く上げた。慶介さんはごくんと喉を鳴らせた。私はとっさに、夕飯に炊くご飯が今後は何合になるのかを考えた。沈黙を破ったのは、まだ生まれて数か月、首が座ったばかりの悠太だった。私の膝に座りながら、きゃは……と歯のない口から笑い声を立て、ようくんににこにこと笑いかけたのだった。

ほどなくして、ようくんは衣装ケースを何個か土蔵の二階に持ち込み、大きく重そうだった眼鏡はスポーツ仕様のものに買い替えてもらったのか、黒縁の軽そうなフレームに、弧を描いたレンズの、ずいぶん精巧なものになっていた。

それから三年が経つ。ようくんは百七十センチを超える背丈になり、体は、どこに行っても根っこを張り巡らせることができるといわんばかりに、根拠のある力を持って動いている。

「おかあさーん、おさかなたべたいなっとうたべたい」

「今日は煮物を食べようよ」

大根の煮物に魅力を感じないのか、悠太は白いご飯ばかりを食べ進めている。

「じゃあ鶏小屋の煤を払ったあとは、そのまま鶏糞を袋に詰めよう」

畑に蒔《ま》く肥料として、鶏糞はとても貴重だ。

「たまごを拭いたら出荷しますか？」

ようくんが聞いた。

「あたし、直売所に出荷しに行ってくるよ」

「それでいこう。俺たちは鶏小屋の煤払いとたまご拭き。絵梨《えり》ちゃんは出荷ね」

「りょうかーい」

ごちそうさまでしたと、勢いよく立ちあがって食器を片付けた後、それぞれの方向に向かっていった。

台所に立って、お昼ご飯の下準備をしておく。油麩《あぶらふ》と玉葱《たまねぎ》をさっと炒める。醤油、砂糖、酒で軽く煮詰めておく。食べる直前になったら再び加熱して、ほぐしたたまごを鍋にまわし入れ、小口切りした葱を散らす。炊飯器はお昼時に炊きあがるようにセットしておく。熱々のご飯の上にたまごで綴《と》じた油麩と玉葱を盛れば、油麩丼の完成だ。

振り向くと悠太が、ご飯がこびりついた手をテーブルになでつけて、潰れたご飯粒をしげしげと見ている。

朝の空に、病葉《わくらば》が舞う。

小さな親指と人差し指が、山道に落ちている枯れ葉を拾ってうちわのようにひらひらと動かしたかと思うと、未練なくそれを捨てる。

霜柱をみつけて「じゃくじゃく」と言いながら踏み込む。

秋のあいだに枯れた姥百合《うばゆり》を藪の中から引っこ抜いて、枯れた枝を振り、実のなかから大量の種子をまき散らす。

「まほうつかい」

悠太は冷たい風に種子が乗って飛ばされていくのを見て、魔法使いのような万能感に浸っている。

欅《けやき》も銀杏《いちょう》も、葉を落とした。深い赤や、金色に近い黄色や、茶色と緑がにじみあったような葉がいっせいに土を埋め尽くし、刺繍の絨毯《じゅうたん》のうえを歩いているかのような季節も終わった。冬の乾きに包まれた山の木々は、常緑のものを除けば、からからに水分の抜けきった茶色をしている。その景色に負けじと悠太の手は鮮やかに舞う。

三歳児は、まず怠けることを知らない。火だろうと氷だろうと、目の前にあるものにまっすぐに出会おうとする。

そこに行けばきっと何かがあると分かっていても、私は出会おうとしていないときがある。いや、そのときのほうが多いのかもしれない。年末だというのに、窓の桟や、お風呂のタイルの目地にこびりついてた黒い汚れから目をそらしてしまった。薪ストーブの周囲にこぼれる灰からも、目をそらしてしまった。玄関も土間もトイレも、私に雑巾や箒を持ってきてもらうのを待っている。

でも、一番に私を待っているものがある。これぱっかりは目をそらすわけにはいかない。臼《うす》と杵《きね》だ。

「悠太ー！　そろそろ土蔵から臼と杵を出しに行くからお散歩はこれでおしまい。ようくんも一緒にやってくれるって！」

栗鼠《りす》が山道をかけ抜けて、藪に隠れた。悠太はそれを最後まで見届けてからこちらを振り向いた。

「うすきね？」

「そうだよ。明日はお餅つきなんだもの」

私は悠太を抱き上げた。

土間の勝手口から痛快な音がするのですぐに分かる。ようくんが斧を振りおろし、偏屈に曲がった杉の薪を、一刀両断にしてくれているのだ。農機具がたくさん収まっている納屋にある、キャタピラの運搬機にエンジンをかける。

「悠太、運搬機のうえに乗って」

悠太は脇をきゅっとしめ、目じりをつぶして笑う。

「うぱんき！」

悠太にとってキャタピラの運搬機は、まるで百円を入れるとしばらく音を出して動き回る遊具のようだ。キャタピラのうえの荷台で、野菜くずや、稲や、薪などと一緒に運ばれることが大好きだ。

エンジン音を聞いて、ようくんが薪割りをやめて土蔵まで駆けつけてくれた。土蔵は一階と、ロフトのような二階がある。二階部分にようくんが寝泊まりし、一階には先代の遺産が眠っている。遺産のなかでも重宝しているのが、臼と杵だ。

土間に水を打って、赤土のうえを竹ぼうきで掃く。ようくんと一緒に、腰にめいっぱいの力を入れて臼を運搬機の荷台から持ち上げる。

「ゆうたも！」

慌てて運搬機から飛び降りて、臼の周りでちょろちょろしているので余計に力がかかる。どうにか土間に降ろし、二人でため息をついたのもつかの間だ。ようくんが臼にお湯を注いで消毒したり、悠太の相手をしてくれているあいだに、私は十月に脱穀した餅米を精米する。うちがお正月に食べる餅は二升分だ。でもそのほかにも、修治《しゅうじ》さんや隣の集落のひとにもいくらかお分けするので余計に精米する。大量の餅米を研いでいるときのきゅっとした手の冷たさを感じると、いよいよお正月にむけてのカウントダウンが始まった気分だ。

大きなボウルによく研いだ餅米を空け、水に浸して埃が入らないように大きな包装紙などでボウルを覆い、このまま一晩置く。ついでに、脱穀したばかりの小豆《あずき》もボウルに空ける。水に浸すと細かい屑が浮かんでくるので、しっかりと取り除き、砂糖をいっぱい入れて、薪ストーブの上に置く。薪ストーブは熱でぐんぐん小豆をふやかせ、甘く煮詰めてくれる。こうなってくるとついでにお正月の料理もこの勢いでやってしまわないとタイミングを逃してしまうので、えいと勇気を出す。昼食を終えて、午後一番で悠太と一緒に日産モコに乗りこんで買いだしに出かける。

おせち料理を、どこまで手作りしようか。

車を運転させながら、私は思案した。紅白なます、たたき牛蒡《ごぼう》、里芋と人参の煮しめは、畑のもので料理できる。だて巻き用のはんぺん、蒲鉾《かまぼこ》、田作り、黒豆の甘煮、紅白の牛乳寒天、海老の旨煮などは、材料を買わなくてはならない。

「おだひゃくいきたい」

チャイルドシートから投げ出した足を揺らしながら悠太が言う。小田原百貨店がこの町で唯一のスーパーだ。

「いいよ、小田百だけじゃ揃わないかも。隣町のマックスバリュにも行かなきゃいけないかなあ」

週に数回、出荷や買い物のために車ででかけるのが悠太の楽しみだ。チャイルドシートから身を乗り出して高速道路の鉄橋や国道の大きな跨線橋《こせんきょう》などを見て声をはずませる。

「あ、てっきょ。てっきょのぼりたい」

悠太と私は、それぞれ頭のなかで風船が膨らんだようにわくわくした。お正月の食事について考えをめぐらせる。お餅、おせち、お雑煮、たまにはお酒。一年を通して、お正月の食事だけは買い揃えるものが多い。

「ください」

スーパーの店頭で売りだされているお飾りや鏡餅を見て、悠太は強く指をさす。

「うちはもう作ったから大丈夫」

「くださいよー」

商品に近寄ろうとする悠太の脇の下に素早く手を入れて抱っこした。食料品のコーナーに急ぐ。お飾りは、脱穀のときに出た稲わらを結んで作ったし、門松は慶介さんが山から竹を斜めに切ってきて、縄を巻いて作ってしまった。鏡餅は、明日作ろうとしている。

お正月の準備などまったく分からなかった私だが、近隣の集落に伝承されている知恵を自治会のときに聞きかじったり、インターネットを駆使して情報を集めた。スーパーに集まる人も物も、普段よりも期待で少し膨らんでいる。

財布を何度も開け閉めして、お正月を迎えるものを整えた。悠太には、六十五円の笛ラムネを買ってあげた。

騒々しく夕飯を食べ、悠太を寝かしつけたあと、しんと静まる台所に立つ。ひととおり材料を切ったあとは、鍋や、オーブンや、フライパンなどそれぞれの行き場に向かって材料は混ぜられ、味をつけられ、投じられる。

圧力鍋の音と、薪ストーブにかけられた大鍋のしゅんしゅん、ぐつぐつという音が満ちる。さっきまでは静まっていた台所に、再び活気がもどる。まるで秋の虫たちの合唱のように、料理たちは音をたてる。鹿や猪が闊歩する夜の冬山で、こうこうと電気をつけているのは私一人だ。

熱々のたまごをフライパンからおろし、巻き簾《す》できっちりと巻いていく。

赤色の食紅でピンク色に染まった牛乳と、何も色を加えない牛乳に砂糖で甘く味をつけ、寒天を混ぜてバットに流し込んで粗熱を取り、冷蔵庫にしまい込む。冷蔵庫をしめるときはいささか震える。固まるかどうか、いつも自信がない。

圧力鍋の蓋を、息を止めて力強く押し開ける。熱で骨抜きになった牛蒡がほかほかと登場するので、すりこぎで叩いてから、酢や砂糖で味をつける。胡麻和えにして上品に仕上げる。蜜柑《みかん》の皮と房をきれいにとり、大根と人参の紅白なますに混ぜ、デザート感覚で食べられるようにする。

薪ストーブにかけられていた大鍋では、人参、里芋、椎茸、手綱蒟蒻《たづなこんにゃく》の煮物ができあがっている。

すべての料理を仕上げ、器具を洗いあげた両手を見つめた。しっかりと働いた両手は充実して、赤く、温かい。毛糸の靴下から床の冷たさを感じると急に眠くなり、布団に入りこむとすぐに肩の力が抜けた。

十二月三十日朝八時。いよいよ餅つきだ。餅米の入った蒸し器をかまどの上にセットし、かまどには絶やさずに細めの薪を入れる。強火を続け、かまどの水をどんどん沸騰させる。

「おはよう、おう元気かよお。毎日疲れんべえ」

土間の勝手口が予期せずに開いて、笠原《かさはら》修治さんと絹子《きぬこ》さん夫婦が顔を突っ込んできた。修治さん夫婦は、北杉の昔からの住民である。北杉の自治は、修治さんの家系が請け負うことが多かったようで、慶介さんもよく土地の相談に乗ってもらっている。

「おはようございます。朝早くからありがとうございます」

「おはよう、ぼく。朝からえらいねえ」

絹子さんが土間の薪を積み木のように積み上げて遊んでいる悠太に声をかけた。悠太は急に話しかけられたのですっくと立ちあがり、かまどの前で座りこんで火の番をする私のエプロンをぎゅっとつかんだ。

土間は、餅米のねっとりした匂いと、湯気で満ちている。ここは暖かいわとばかりに、赤紫色の割烹着を来た絹子さんは嬉しそうに、大きく息を吐いた。

咲江さんは、玄関から入ってきた。台所に上がるなりエプロンを頭からばさっとかぶる。

「絵梨ちゃんおはよう、いつもお世話様です」

「おはようございます。こちらこそいつもありがとうございます」

咲江さんは、私の服を握って台所のコンロのわきまで引っぱった。

「ねえ……、洋一がお正月も帰りたくないって言っているの。さっきそこの畑にいたから聞いたんだけど、そう言うの」

「あ、そうですか。いいですよ、別にここにいてもらっても。うちはまったく構いませんが」

咲江さんはじれったそうだ。

「そんなこと言ったって、あなたお嫁さんでしょう？」

「はあ、嫁……」

咲江さんはさらに、軽くこぶしを握った。

「つまり……、お正月ともなれば、ご親戚に会うとか、ご実家に帰るとか、するでしょう？」

「はあ……」

考えていなかった。

「うち、でかけるにしても鶏がいて、どこか親戚にあいさつしに行ったとしてもすぐ帰ってこないといけないし、お正月だからって長く休めるわけでもないし。ようくんがお正月にここにいるかどうかは、こちらとしてはようくん自身が決めればいいと思うけど……」

咲江さんはひるんだ。鶏のことを出されると、たしかにそうだと思わざるをえない。生き物との共生は、人間の作った暦や気分と関係なしに続けなくてはならないことが多い。咲江さんは、私が咲江さんに同調すると思ったのかもしれない。お正月はさすがに家におかえりと、私がようくんを促すことをたぶん期待した。でも、ようくんは帰りたくないのだ。おそらく。

「……今日は何でも言ってね。できることはやりますから」

咲江さんは少し投げやりな言い方をした。私は咲江さんにぺこりとお辞儀をした。

隣の集落から、慶介さんと同じ消防団の団員である花本さん一家がやってきた。花本直哉《はなもとなおや》さんと美紀子《みきこ》さんは私たちよりも十歳近く年上の夫婦だが、悠太と同い年の紗良《さら》ちゃんという娘さんがいる。最近まで湯河原のほうで三人暮らしをしていたが、直哉さんはもともとは隣の集落出身だ。そろそろ両親のことが心配だということで、ご実家に引っ越してきた。長い時間をかけてやっとうちにやって来てくれた娘なんですと、北杉にあいさつしにこられたとき、紗良ちゃんをそう紹介してくれた。細い髪を黄色のハートの付いたゴムで二つに束ねて、ベージュのワンピースを着ている紗良ちゃんは、直哉さんと美紀子さんの両手で大切に包まれている雛のようだった。

「悠太、紗良ちゃんが来たよ」

悠太と紗良ちゃんはお互いに目を合わせながら、もじもじしている。私と美紀子さんが笑っているといよいよ餅つきの始まる合図だ。

「おおい、絵梨ちゃん、餅米がもうだいぶ柔らかくなってきたよ、芯がなくなってきたから始めようよ」

「はいはーい」

蒸し器の蓋を慶介さんが開けると、雲のような蒸気が立ちのぼった。大きなボウルにもったりとした餅米の塊を入れ、臼まで運ぶ。最初にやりたいとばかりに、ようくんが杵をかついで待っていた。

「最初が大事！　がんばって」

慶介さんに言われたようくんは、足首から力を振り絞って、腰、腕と、全身の力を餅に届ける。杵で餅を押しつぶしながら、餅米の粒が完全になくなるまで臼の周りを何周かする。熱気でようくんの眼鏡が曇る。

「もういいよ、いけよ、いくぞ、せーの」

修治さんがようくんに大きな声で合図した。

「よいしょー！」

修治さんとようくんの息は重なった。修治さんの声に合わせてようくんが大きく腕を振り上げる。

杵が餅に振り落とされたとき、土間は揺れた。

一年の成果は餅つきで分かる。土間も、お餅も、人間も、この一年のようくんの成長を認めて、揺れている。

「はいよっ」

絹子さんが熟練した手返しをする。

「よいしょー！」

修治さんに合わせて、みんなでようくんに声をかける。何十回か繰り返していくと、餅はふっくらと艶が出る。

「これでいいよ」

絹子さんがぱんとお餅を叩くのを合図に、熱々のお餅は台所のワークテーブルに運ばれる。それを熱いうちに平らに伸ばして、粉を振るのは私や美紀子さんの役目である。

海苔、大根おろし、きなこと砂糖、納豆、小豆などに絡められたお餅は、それぞれ大皿に盛られた。

大きな仕事を終えたときの皆の息は、空気を変える。呼吸は自分でするものなのに、誰かが一緒にやってくれるような安心感がある。

美紀子さん、咲江さん、私が、食堂にお餅を運ぶ。三つのちゃぶ台をつなげた大きな食卓に、今日の主役は登場した。

「みなさん、今年も本当にありがとうございました」

慶介さんがあいさつをした。

「まだ田んぼを始めて五年目なので、うまくいかないこともいっぱいあったけど……、来年もよろしくお願いします。つきたてのお餅が硬くなっちゃうので、では、いただきまーす」

季節は巡ってくるけれど、自動的にやってくるのではない。その時期にしかできない仕事をこなして、自分で進めていかないと、やってきてはくれない。悠太と紗良ちゃんには、お餅を小さくちぎったものをお皿に運んであげる。

「おもち」

悠太は指さして、お餅を指でつまんだ。

「これは甘いお餅」

私はきなこをまぶしたお餅を指さした。紗良ちゃんは物怖じせずにお餅をほおばる。悠太はその姿を見てようやく口にお餅を運んだ。

甘みと弾力を噛みしめる。お餅はお腹にずっしりくるから、と思っていても、不思議とたくさん食べられる軽さがある。

「おい、あんたが北杉に来てくれてよ、俺はほんとによかったと思ってんだ」

慶介さんの耳元で、修治さんが大きな声を出した。

「嫁さんとボクもいてよお」

「ありがとうございます」

少し困ったように、慶介さんが笑った。

「若え《わけ》のもいるじゃねえか」

修治さんの手は、慶介さんを飛び越して、ようくんの背中を叩いた。

「嫁さんも若えのも頑丈そうでなによりじゃねえかよ」

「いえいえ、初めは嫁もようくんもびっくりするくらい痩せてましたよ。こいら、何食って生きてんだ？　ってほんと不思議で。でも一緒に暮らしてからは二人とも大食漢になりましたけどね」

「だって、慶介さんがたくさん野菜を作るから、食べざるを得なくて。ねえ、ようくん」

ようくんはお餅を噛み切りながら口のはしっこで「はい」と声を漏らした。

年末だからこそできる会話だ。慶介さんと修治さんは普段、道具の使い方だとか、木の切り方など、その当事者でないと分からない話をしている。

「あたしも嬉しいよお」

修治さんの隣でちんまりと、でも腰の据わりのしっかりした絹子さんも口を開く。

「北杉でな、子どもが産まれるなんて六十年ぶりだ。うちの子以来なんだよ」

これには私も咲江さんも花本さんものけぞった。

薪ストーブにかけられたやかんが、皆の背で、しゅんしゅんと音を立てていた。

年末に切り分けておいた、のし餅を十枚ほどタッパーから取りだす。薪ストーブに太い薪を放り込み、網を乗せて、お餅を網に乗せていく。

里芋と大根をよく茹《ゆ》で、出汁《だし》をとって醤油と酒で味をつけたおつゆに入れていく。お餅と茹でた小松菜は、いいところで壇上にあがる主役のように、みんなが食堂に集まってからどんぶりによそう予定である。

薪ストーブの上で怒ったように膨れる餅をひっくりかえすと、裏側には網の黒い模様が刻まれている。太い薪を威勢よく飲み込んだ薪ストーブは、あますところなく薪を熱に変えていく。

「だっこ！」

背中が、大きな声に衝かれた。振り向くと、パジャマと裸足のままの悠太が立っていた。

「おかあさんだっこ」

「あ……悠太。ごめんごめん、お餅を焼いていて、気が付かなかったよ」

悠太はまばたきを何度もしながら、小さな両手を広げてやってきた。菜箸を薪ストーブのわきに置いてひょいと悠太を持ち上げる。

「そうだ。今日はおはようと一緒に、あけましておめでとうの日だね」

「あけしておでめと」

がんばって復唱するも、まだ音を拾えない。

薪ストーブにはお餅とやかんがかけられていて、やかんからは絹の糸のような湯気が細く立ちのぼり、絹織物がたゆたっているように見える。

「おとうさんおしごとしてるんだね」

「うん。もうじき帰ってくるよ」

「ゆうたもこっこさんにごはんあげる」

「うん、じゃあお餅を食べたらお母さんと鶏のところに行こう」

私が話すのを最後まで聞かず、悠太の興味はもう別のところに移った。

「おもち」

悠太は薪ストーブの上で黒くなり始めたお餅を見つめた。

「おせんべいかな」

「ああ、惜しいね」

私は急いで菜箸をとって、お皿に間一髪のお餅をすくいあげた。

玄関の引き戸が開いて、二人分の長靴の音が聞こえてきたときに、悠太の表情はほころんだ。

「あ！　おとうさんようくん」

私の両腕からぱっと去って、玄関まで走って慶介さんに会いに行く。

「悠太おはよう、なんだまだパジャマか。裸足か」

ヤッケを脱いで玄関にあがった慶介さんが食堂に来て、ちゃぶ台にずらりと並べられた料理が視界に入ると、ふいに足を止めた。

「なんだあ？」

「え？」

「あ、そうか、元日だからか。鶏の世話は正月も盆も関係ないから、そんなこと忘れちまうよ」

紅白かまぼこ、昆布《こぶ》巻き、海老の旨煮、牛乳寒天、円を描くように重箱を覗き込んだ慶介さんは、やっぱだて巻きからと独り言を言って手を洗いに行った。

ようくんは呆然としておせちに視線を落としていた。

「ようくん、あけましておめでとうございます」

「あ……、はい。おめでとうございます」

たゆたう絹織物のしたで、今年もたくさん食べようと誓う。

「じゃあ、いただきまーす」

大寒の時期に産まれるたまごを、寒卵《かんたまご》という。

寒さでたまごの殻と中身が引き締まり、高齢の鶏が産むたまごも、まるで鶏がその生涯で初めて産む初生卵《しょせいらん》のように若返る。山奥の冬は長いが、大寒といえば寒さの折り返し地点でもある。まだ半分、もう半分。朝一番に産んだ寒卵を巣箱から取ってきて、殻の汚れを布巾で拭けば、文句なしに朝食の主役となる。食卓に、熱々のご飯の盛られたお茶椀が四つならぶ。朝日を浴びて湯気が白く輝きながら立ちのぼる。

「寒卵ってすげえな」

慶介さんが改めて口に出した。

「なんで？」

私は訊いた。

「ばあさんにわとりが産んだんだろ、でもまるで若鶏のものと変わらないってすげえ」

ようくんは、手に取ったたまごをまじまじと見つめている。

「へえ……、そういや、色もまた濃い茶色になってる」

「だろ？　生きがいい証拠だよ」

たまごの話をしている大人たちのなかに入りたい悠太は、ちゃぶ台に乗りだして、

「たまごください！」

と叫んだ。

「ゆうたもこんこんぱする」

悠太は両手を合わせたらぱっと離して、たまごを割るそぶりを見せた。

「がんばれ悠太」

慶介さんがちゃぶ台に置かれた寒卵を一つ悠太に渡す。

悠太は丁寧に両手でそれを受け取ると、ちゃぶ台に何度かたまごをぶつけ、加減の分からない指先でぐしゃとたまごを潰し、なんとかご飯のうえに黄身を載せることに成功した。見守った三人がお茶碗のたまごを見つめて胸をなでおろした。

透明のつるりとした白身に覆われた黄身は、淡い黄色をしている。たまごの黄身の色は、鶏が食べている餌の内容で決まる。パプリカや柿や蜜柑などを食べれば、橙《だいだい》色になる。冬瓜《とうがん》を食べれば白に近づく。二百羽に増えたうちの鶏にあげる餌は、まず朝起きてすぐに何十キロも用意しなくてはならない。まさに朝飯前の仕事である。

まず一番には、緑餌をあげる。苧《からむし》、痛取《いたどり》、繁縷《はこべ》、菜花《なばな》などが取れる時期はそれが最高なのだが、雑草の生えない冬の間は、鶏のために畑で葉物野菜を栽培する。朝一番、土蔵から飛び出したようくんが鎌を携えて畑に向かい、コンテナいっぱいに葉物野菜を収穫してくる。鶏小屋のなかで豪快にそれをばらまくと、吝嗇な鶏たちは我先にとようくんめがけて猛烈に走ってくる。

　三月中旬には育てていた葉物野菜がぐんぐん成長を始め、かやぶき屋根の家の背が菜の花畑に一変する。夕暮れになると、杉林や鶏小屋がうす暗くなるなかで、菜の花だけは負けずに発光しているように見える。春といってもまだ角のある風が吹いていて、冷たい夜に集落が沈んでいく時間が、もっとも菜の花が光る時間だと思う。

　ひとしきり春の神秘を眺めたあとに、菜の花は鎌で刈られて鶏の餌になったり、草刈り機でなぎ倒され、さらに耕運機で鋤《す》き込まれて、畑の土づくりに使われていく。

　季節は一瞬のとどまりも知らない。その流れのなかで偶然に人間に採取されたものが鶏のもとへ行き、たまごとなって食卓に恵みをもたらしている。たまごの黄身の色は、うちの暮らしそのものだ。

「たまご、もう一個食っていいすか」

　ようくんが聞いてきた。

「いいよ、遠慮なんかしないで」

「やった」

　ようくんは立ちあがり、台所に置かれた、たまご専用の保冷庫を開けた。一人暮らし用の冷蔵庫ほどの大きさの木箱を慶介さんが作り、そのなかにようくんが棚をこしらえて、発泡スチロールで扉の周りを目張りしてある。外の温度の影響を小さくして、夏には保冷剤を入れることで長時間の保管に万全を期すためだ。保冷庫の棚のなかには、濃い茶色をしたたまごが整列していた。

「俺も食うか。寒いから元気もらおう」

私はどうぞと言って、張りのある白身をいっきに飲み込んだ。


畑は凍る。春菊や大根も、寒さのなかですくすく育っているけれど、何の世話もしないわけではない。ことに春菊にはトンネルを張り、そのうえに毛布を何枚も掛けてあげないと寒さでしおれてしまう。

「おふとん」

悠太は、嬉々として春菊に毛布をかける。

「もうねんねなの？」

「そうだね、寒いのが嫌いなんだって」

夕方にはそう言いながら、メイをリードにつなげて冬の野山に駆け出していく。山は、冬を謳歌している。山の景色のなかでも、一番誇らしげなのが椿だ。

北杉には、さまざまな品種の樹木が生えている。自然に生えているのではなく、人の手によるものだ。一年中絶え間なく花が見られるようにさまざまに花の木を植えていったあとをみると、テレビや漫画などの代わりに、花や落葉樹の変化を面白がっていたであろうと、北杉のかつての住民たちに思いを及ばせた。冬以外の時期は藪や日陰でひっそりと沈黙しているけれど、もっとも寒いときになると、うるんだ深い緑色の葉のうえに、赤やピンクの花を咲かせ始める。はさみで何本か切って玄関の花瓶に生ける。あまりにも堂々と、生真面目に咲き誇る真冬の椿は、茶色がかった湿っぽい古民家の玄関を一変させる。

犬の散歩は、春の訪れを探すための重要な時間だ。どこまで春が来ているのか、表面には見えなくても、草や土の表情にてがかりを見つける。

寒の時期を抜けて啓蟄《けいちつ》がくるのが待ち遠しいけれど、寒の時期をしっかり体が受け入れておかないと、万全に春を迎えることができない。どうせ春が来てしまえば、楽しみは猛スピードで過ぎてしまうのだ。蝋梅《ろうばい》、梅、海棠《かいどう》、木瓜《ぼけ》、桃、桜。あけっぴろげに咲き乱れる花を見渡しては、でも仕事が忙しくてちゃんと見ている余裕がないなどと、贅沢に悩むようになる。春を楽しむためには、まず寒の時期を楽しんでおく。

散歩を終えると、鶏小屋で発酵した鶏糞を袋に詰めていた慶介さんが、ぬっと顔を出した。冷えきった様子で、元気がない。

「ちょっと、お茶しようよ」

「いいよ、今持ってくる」

「いやそっちに行く。寒すぎて外じゃできねえ」

四人は家にあがり、ちゃぶ台に集合した。薪ストーブの上には、ほぼ一日中やかんがかけっぱなしなので、やかんのなかでお湯が豊かに沸いている。インスタントコーヒーを淹れて慶介さんに出すと、硬直した息が吐きだされ、コーヒーを啜った。

「はあ……寒かったあ」

慶介さんの吐く息が温かいものに変わる。

「なんだか大変そうね」

「うんまあ……ここ数日が寒さの底かも。大根が大量に収穫できそうだな、このままじゃ出荷しきれねえ」

「そうなの？　じゃあうちで糠漬《ぬかづ》けにするとか」

「それにも限界がある。なにせ何十本も取れそうだ」

「うーん」

「なんか……、よく農家の軒先にぶらさがってる大根ってなんなんですか」

ようくんが慶介さんに聞いた。

「ああ。あれは干してるんだよな、干して……たくあんにするんだと思うけれど……、もちろんたくあんにしてもいいけど、それだって糠漬けと同じことになるな、食いきれねえ」

「大根を干すといえば、切り干し大根じゃないの？」

あてずっぽうに言ってみたら、狭くなっていた慶介さんの眉根がぱっと開いた。

「それだ」


数日して、私とようくんが朝ご飯の片づけをしていると、

「おーい、絵梨ちゃんと、ようくん、こっち来てくれよ」

縁側に出てみると、縁側の前には網が張られた大きな台が出来上がっていた。横の全長は十メートル以上ある。

「これを作っていたの？　何か早朝から音がすると思ったら」

「魚屋さんの前にあるやつみたいですね」

ああ、なるほどと、私もようくんのひらめきを称えた。魚屋さんの前で、よく干物が干されているあれだ。

「小田原にはたくさんあったなあ」

山にひっこんでからはまず見かけなくなった。

「そうそう、これで大根を干すんだよ」

「なるほどね」

「さっそく大根を切るぞ」

大人三人で、手分けして大根を細切りにする。

「ゆうたもー」

Eテレを見ていた悠太が近寄ってくる。

「じゃあ悠太はこれ」

私は慌ててテーブルナイフを悠太に渡した。悠太はテーブルナイフを握ってしばらく沈黙していたが、すでに大人が細切りした大根にナイフを突き刺したり、苦戦しながら手伝いを始めた。

寒さが極限に達しても、太陽は冬の大地を見捨てることはない。網にびっしりと乗せられた大根を透かすように、優しく照らしてくれている。

「これってどのくらいで切り干し大根になるのかな」

「よく晴れていれば一週間もすればできるみたいだよ」

「へー、雪が降らなきゃいいけど」

「降ったら、降ってるときだけビニールシートをかければ大丈夫だよ」

その日から、賽銭箱が台所に出現した。

「このなかに、シリカゲルを入れてくれ」

海苔やおせんべいの袋のなかに入っている乾燥剤をかき集めて、慶介さんが用意した箱に投げ入れた。


一週間後、大根は体の水分をすべて持っていかれ、かりかりに縮んでいた。それをお菓子の缶や、ジップロックに小分けし、それぞれに乾燥剤の袋を入れて完成だ。糠漬けやたくあんよりも日持ちし、かさも邪魔にならない。

「これで大根がない時期の煮物料理が助かる」

干すという技はすごい。縁側があるのだから、一年通して色んなものを干せばいい。頭のなかで大きな地図を広げるように、春は椎茸、夏は玉葱、秋は柿などと想像した。

「ちょうどできあがってよかったよ。今日はなんとびっくり、雪が降るんだって」

「えー、それって何センチくらい降るのかな」

「下手したら三十センチだ。さっきラジオで聞いた」

「やば！　じゃあ悠太と一緒に、すぐに春菊に布団かけなきゃ」

「うん、よろしく頼んだ。俺は鶏小屋に藁《わら》をいっぱい敷いてくるから」

「俺、薪を割っていいですか」

「ああそうだね、薪をいっぱい用意しとこう」

雪と聞いて条件反射のようにそれぞれの体が動いた。

雪は、寒さの総仕上げだ。山奥といっても、太平洋側だ。豪雪地帯とは違って、雪が降る時期はどちらかというと立春をすぎたころの、冬の最後のあいだだ。花の季節がもうすぐそこまで来ているのに、空はもったいぶってわざと雪を降らせている。雪が降り、しっかりと寒かった二月があれば、花はそれだけ美しくなるように感じる。けじめをつけるためにも、雪は降ってほしい。

すっかり枯れて枝だけになっていたあじさいも芽吹き始めた。梅もつぼみを固くしはじめている。すぐに陰ってしまう北杉でも、春は確実にやってきている。どの大地も、木々も、動物も、いっぱいに力をため込んでいるのが分かる。

収穫は、あいかわらず豊かだ。苦みと甘みの効いた葉物野菜がたまらない。山葵菜《わさびな》、辛子菜《からしな》。スーパーではあまり見かけないような、変わった菜花を慶介さんが栽培している。

「わさびな、からしな？　何その名前」

初めて聞いたときは驚いた。

「食べてみれば分かるよ、どっちもそれっぽいんだ、ほんと。山葵菜はぴりっとしてて、辛子菜は、辛子みたいな匂いなんだ」

山葵菜は葉先がとげのように細かく分かれている。茹でてしまったらこの張りのある独特な葉先が分からなくなってしまう。そこで朝ご飯に、チーズやハムと一緒に、洗ってちぎっただけの山葵菜を食パンにサンドしてみたら、パンのなかから顔を覗かせる緑あざやかな山葵菜が、うちの朝食をカフェで出されるようなサンドイッチに格上げしてくれた。

辛子菜は茹でた。たまご、サラダ油、酢、塩をバーミックスで攪拌《かくはん》してマヨネーズを作り、茹でた辛子菜を和えて、夕飯の一品にした。

「ふーん、たしかに、辛子かも」

私はひどく感心した。辛子マヨネーズのような風味がする。

「菜花って、なんでも味が一緒だと思っていたけど、やっぱりちがうんだね」

悠太は私の横で、自家製マヨネーズをご飯にかけて食べている。

「そうなんだよ。しかも、同じ種類の葉物でも、一週間のうちに味が変わったりするよな」

「うん」

春浅いころの菜花は柔らかく、甘い。どんぶり一杯食べたって飽きない。寒い空気から身を守ろうと、菜花も必死で旨みをぎゅっと閉じ込めようとしているのが分かる。軽いから、胃もどんどん受け入れる。それがだんだん三月、四月になってくるとアクや苦みが出てくる。だからといって、それは菜花の質が落ちたわけではない。当然の成長をした証だ。人間も菜花も、気温が上がったことですこしほころびがでる。冬にため込んで、もう必要なくなったものを、苦いものを食べることで一気に押し出すことができる。部屋の隅にたまった埃を一掃するように、体の隅で立ち往生したものが流れていくようだ。やはり旬のものはいい。

葉物もほかの野菜も、一瞬たりとも留まらない。自然の経過を、味で示してくれる。

「やべえ、薪がねえ……」

ようくんが、おかずのおかわりをしがてら、薪ストーブを覗き込んだ。薪ストーブには土鍋がかけてあって、夏のあいだに湯剥きして冷凍保存した蕃茄《トマト》、じゃが芋、人参、玉葱、慶介さんがさばいたうちの鶏が、赤ワインで蒸されている。ようくんは土間の薪棚から薪を抱え込んで、薪ストーブに突っ込んだ。

薪ストーブも人間と同じで、まるで大食漢のようにもりもりと薪を呑んでいく。

「また木を切らなきゃだめかなあ」

慶介さんが言うと、ようくんは席に戻りながらはいと言った。

ようくんは薪のことをいつも考えている。伐採、薪割りに力を惜しまないようくんは、この生活の動力そのものだ。

「切っていい杉の木を、また修治さんに相談しよう」

冬の薪割り作業は、そこが出発点だ。

山の集落は冬のあいだ、どこでもチェーンソーの音がする。農作業の少ない冬のあいだは、薪つくりが大きな仕事の一つだ。集落の土地は必ず誰かしらの持ち物だ。誰でもない場合は、県や町のものだったりする。穴を掘りたい、コンクリートを打ちたい、小屋を建てたい、それにはまず、誰かに相談する必要がある。

許可をいただいて、晴れてチェーンソーで伐採された木を三十センチほどの長さにまた切り、集落のなかでも日当たりの良い場所に積み上げておく。雨や雪があたらないようにそのうえにトタンを乗せる。半年から一年くらいすれば木の水分が抜けて使えるようになるので、土間までせっせと運んでは鉈《なた》や斧で割る。ようやくここで、暖を取るための燃料になる。今使っている薪は去年の冬に切って干したもので、これから切るものは来年の冬に使う。冬の仕事は「つぎの冬の準備」ともいえる。スローライフは忙しい。

フォークを握りしめて、大きなじゃが芋と格闘しながら食べていた悠太の首ががくんと落ちた。ちゃぶ台におでこをぶつける音とともに、小さなお皿がはずみで動いて、皆がふりむく。

「悠太！」

慶介さんは、誤嚥《ごえん》したのではないかと慌てて悠太の頭を持ち上げた。悠太の口からぽろりとじゃが芋が出て、そのまま目が塞がっていく。規則的な呼吸の音が聞こえる。

「もしかして眠っちゃったんじゃないの？」

たしかポニョも食事中に眠っちゃったんだったと、映画を思いだしながら私は言った。小さな子どもには珍しくないことかもしれない。容赦なく頭をぶつけたのに構わず眠り続ける悠太を見て、ようくんは手を叩いて笑っている。

「よくそのまま寝られるなぁ」

「痛さよりも眠さに耐えられなかったとか」

「だって今日、悠太くんすごかったですよ、雪だるまを作って、それをメイに見せるんだって、縁側に小さい雪の塊を何十個も並べてました。素手で」

私は縁側の雨戸を閉めるときに見た、敷居に延々と並べられた団子のような雪の塊を思いだした。

「ああ……あれはそういうことだったんだ。ずっと一人で縁側にへばりついて何をしているのかと思った。素手で何十個も作ったんじゃや、疲れただろうねえ」

私はため息をついて、タオルで悠太の顔を拭いた。慶介さんが部屋に布団を敷き、悠太をゆっくりと寝かす。雪だるまを何十個も作った手は、赤く温かい。

そうか、悠太は今日もやりきったか。

「今日はこのままおやすみなさいかなあ。歯も磨いてないのに」

「たまにはいいよ」

私と慶介さんは悠太の寝顔を覗き込んだ。子どもの眠っている顔は、平和そのものだ。同じ人間ができる表情と思えない。

雪は十センチほど降り、夕方には止んだ。夕飯を食べたらハウスの雪下ろしに行こう。そうすれば、薪で沸かしたお風呂がもっと温かくなっているはずだ。


夕暮れ時だった。狭い空には電線が無数に伸びている。

メープルシロップのたっぷりかかった焼きたてのワッフルの匂いのつぎに、喫煙所のたばこの煙が通り過ぎる。果実が雑多に積まれた青果店のオレンジがつんと甘い香りを放ち、それすらもまた歩く人の背にかき消された。雑音は積み重なり、分散して、路地のどこかに入りこんではもう二度と聞こえなくなる。下北沢である。

夕方の踏切は一度下がるとしばらくカンカンという音を鳴らし続ける。人びとは磁石に吸い寄せられた砂鉄のように黄と黒の棒の前でじっとなすべきこともなく轟音《ごうおん》が通り過ぎるのを待つ。駅は大掛かりな工事をしていて、まもなく小田急線の下北沢駅は地下に切り替わろうとしている。

おもちゃ箱をひっくり返したようなこの街を、上京したばかりの私は好きになった。小田原から小田急線に乗れば、こんな街に自分が連れていかれるのだということを知らなかった。京王井の頭線池ノ上駅から歩いてほどない場所にあるアパートで五年半、生活した。

十八歳で高校を卒業し、パソコンの専門学校に進学したあとは、小さな出版社に勤務した。出版社といっても、世田谷区や杉並区、渋谷区などで地元密着の情報を掲載したフリーペーパーを作成し、スーパーのサッカー台や、駅構内に置いてもらうなどといった、地味な規模の会社である。

環八沿いにお子様連れでママ会にぴったりのカフェができましたとか、秋の等々力渓谷の特集とか、主婦やOL目線のスポットを取材する。従業員十人ほどの小さな会社なので、専門のライターやデザイナーを雇う余裕がない。一人の社員が、デザイン、編集、取材、営業などを掛け持ちする形で勤務していた。

ろうそくの火のような、かよわい会社には、少し危険な魅力がある。ボーナスがでなかったり、残業が続いたりすることにむしろ、ねじれたやり甲斐を感じた。私が手を抜いたら、一気に残りの十名に負担がのしかかるかもしれない。新卒でまだ間もないころから、使命をずしんと感じた。

外注のコンサルティング会社から社員研修にやって来た講師が「自己重要感」と何度も言

う。自分は『株式会社プラネット』にとって重要な人間であるという自覚をつねに持ち、他の社員の自己重要感も大切にするように。

社長や部長などの幹部は、よく二十代の若い社員を飲みに誘ってくれた。お前らの力が必要だ、一生懸命支えろ。まだ社会に出て数年しか経っていないのに、幹部とじきじきに酒を酌み交わすと、急に自分たちががっちりと巨大な車輪のなかにはめ込まれたような気分になり、これが自己重要感かと陶酔した。

徐々に日常に変化が生じた。

ドラッグストアやスーパーで買い物していると、気が付いたときにはカートのなかがパッケージに「ゼロカロリー」とか「低カロリー」などと書かれたものばかりになるのだった。カロリーゼロのコカ・コーラ、寒天ゼリー、お湯でもどす春雨スープのもと。ところてん、もずく、糸蒟蒻。カロリーが明記されていないものは買わないようになった。

一日に何度も体重計に乗った。

アナログの体重計では、百グラム単位の変化が分からない。針の目盛りが不鮮明なことに舌打ちをして、私はデジタルで、体脂肪率なども表示してくれる体重計を買い直した。体重が増えるようなことがあると体がかっとなる。今日一日、何をして何を食べたのかを振り返った。そうだ、隣のデスクに座っている高田さんからもみじ饅頭をもらって食べてしまった。いただいたのに食べないのは申し訳ないからって、その場でいただきますと言って袋を破ってしまったんだった。

立場上、食べ物がまわってくるのをあらかじめ予防するように、食べ物と自分がうまくすれ違うように、私は嘘をつくことにした。

「あれえ、斎藤さんご飯まだ食べてないんじゃないの。今、時間あるから食べちゃえば？」

プラネットでは社員が一斉に休憩を取るのではなく、個人が時間をみて、一時間の休憩をするというふうになっている。

「いえいえ、今日はもう食べたんです。遅刻しそうになったから、井の頭線のなかでコンビニおにぎりを。朝食とお昼と兼用だったんです」

「そうだったんだねー」

高田さんは独身四十代の女性社員で、大きなべっ甲の飾りのついた長いネックレスがお気に入りでいつも首から下げている。よく白いブラウスにネックレスを合わせていて、髪をばさっと後ろにさばくと同時に、ネックレスが揺れる。

高田さんは、他人と自分との距離を絶対的に定めている。詮索や勘ぐりが嫌いで、あっそうとか、なるほどとかいう一言で会話を終わりにできる、たくみな技を身に着けている。私は高田さんのことが結構好きだ。余計なおしゃべりや女性にありがちな人間関係の派閥を好まない、自由人な高田さん。その中性的で中立的な態度は、男性幹部にも新人女性にも一貫していて、なんとなく職場がすとんとする。

そう、決して職場は悪くない。ワンルームの暮らしも宿借《やどかり》のようなちょうどよさを保っているし、贅沢がもともと好きではない私は、生活のはしにすこしの貧しさが隠れているくらいがむしろ心地よい。会社と暮らしは悪くない。だから。

矢印は自分に向いた。

仕事帰りの丼の頭線で、座った自分の膝に目を落としていた。黒ずんでいて、ごつごつしているように見えた。飽き飽きするような比較をまた繰り返した。五歳年上の姉、萌奈《もな》の顔が浮かんだ。萌奈はこんな膝じゃなかったと思う。ここに座っているのが自分ではなくて萌奈だったらどう座るだろうか。百六十五センチの身長を支えるには小さいくらいの膝の上に、よく磨かれた手の爪を乗せて座る姿を想像した。東京に出てからは、めったに小田原には帰らない。一本の電車で帰ることのできるこの距離がむしろ、小田原と私を遠ざける。海も山も、首都圏ともリゾート地ともつながる開放的な小田原には、このうえない閉塞がある気がした。

直方体の、まっしろい外壁に、一階にはウッドデッキがついていて、出窓の内側にはクリーム色のカーテンが下がっている。あの家の中身を、クリーム色のカーテンや青磁色の瓦屋根は、外には伝えない。

池ノ上のアパートに帰ると、ふくれあがっていた一日分の食欲は針でつかれた風船のように鋭い音を立ててはぜた。

一リットルのコカ・コーラのボトルを乱暴に持ち上げ、何杯もグラスに注いで飲む。蒟蒻は包丁でスライスして湯通ししたものに、醤油をかけて食べた。何枚も食べた。水で濡れたスニーカーに裸足をつっこむときのようなぶかぶかとした空気のずれる音が喉の奥から聞こえ、胸を突く。それでもその空気が外に出たがっているのを抑圧して、私は食べた。お湯でもどした春雨スープ、ウエハース、わかめの味噌汁、洗っただけの味のない蕃茄《トマト》。食べたものは素直に胃に落ちず、食道や喉で立ち往生しているようだった。上を向いても下を向いてもつかえがとれず、こらえられなくなってトイレに駆け込んだ。きれいに磨かれた白い便器を抱えて焦る。

どうも最近、食べ方が分からなくなった。急に白紙の上を歩いているような気分になった。


翌日、初めて会社を欠勤した。昨日の夕飯に食べたものがあたってしまい、朝いちで病院に行ったら食中毒ですと診断されましたと、電話の向こうの高田さんに報告した。

「なんだあ、仕方ないねそれじゃ。乗っている電車が人身事故に遭ったようなものね、不可抗力というのかな。お大事に。上の人に報告しておくからね」

「はい、ご迷惑かけてすみません」

ばんという、いささか大きな音で電話は切られた。高田さんはいつもこうだから、欠勤したことで怒っているわけではないことは分かったけれど、なんだか響いた。六畳一間のワンルームで、あおむけになりながら電話を握りしめていた。

「働かざる者、食うべからず」

つぶやいた。急に、部屋の空気は私にのしかかってきた。

最近、なんとなく自分には罰が必要であるように感じる。何か、そこにいるだけで致命的によくないものを周囲に振りまいているというか、誰かの行動に悪影響を与えるなにかを自分が先天的に持っているような気がするのだ。子どものときは、黙って小さくしていればよかったけれど、今はどうしても他者との関係を控えるわけにいかない場面が多くなった。会議は義務だし、電話対応も義務だ。お酒は飲まなくてはいけないし、隣の席からおみやげが回ってきたら、ありがたく食べないといけない。でもそんなことをして人と関わりを持っているうちに、私は相手を破壊するのではないかという、大げさな予感がした。

母は私に人生を破壊されてしまったのだ。

中学の途中から不思議なことがよく起こっていたものだった。色が分からなくなったり、匂いが分からなくなったり、つねに迷路に迷い込むような日常を送っていた気がする。平均台のような細い足場の上でなんとかこなせることだけをこなしてきた。足場が細く狭くなってしまったのは、なぜだったのだろう。細く延びた道を歩いていたら、このアパートのドアの前に辿り着いた。ドアを開けると、ようやく足を横に広げても許されるスペースの玄関を見つけた。ああやっと避難所に着けたのだという安堵で、長年動かすことのなかった顔の表皮がほぐれていくのが分かった。

デジタルコンテンツの作成や、デザインソフトを勉強するパソコンの専門学校に二年通うのと同時に、部屋のなかを下北沢の匂いで埋め尽くす作業に追われた。バイトをして自由になるお金ができると、半ば無理に街を歩き、自分の好きなものを意識的に掘り起こして買い物をした。何色が好きなのか、どんなものを見ると面白いと感じるのかも、よく分からなかった。だから、できるだけ下北沢を歩いた。たくさんのものに出会えば、いつか別の自分にも出会えるかもしれないという予感があった。

個人史は自由に創ることができる。学校では、これまでの私のことを知っている人はいない。どんなふうにこれまでのことを話しても、嘘だと見破る人もいない。バイトをして、スーパーで食料品を買って、休日には布団を干し、小さな玄関を箒で掃く。これが自立だと思うことにした。食べたり、眠ったりすることを自分の線引きでやっていい。棚上げしない人生を知った。

日常を塗り替える。過去の私が今の私に入りこんでこないようにする。

ファッション雑誌を熟読した。シフォン素材のスカート、シュシュ、丸く襟ぐりのあいたカットソー、サイドゴアのブーツ、スカラップ袖のブラウス。買える範囲だ。

「絵梨っておしゃれー。今度、絵梨の住んでるとこに行ってもいい？」

「いいよ、ご飯もおいしいところ、たくさん知ってる」

学校の友達と一緒に下北沢を歩く。土日になるとこの街にやってくる人は平日よりもいっそう多く、駅前のカフェはゆっくりできない。駅北口から出て少し奥まったような路地の、ビルの二階にあるカフェを選んだ。二階になると少し人込みから離れられるようになり、カフェの店内は大きな籐の椅子にドライフラワーのリースやサシェが置かれ、ケーキのショーケースがある。柔らかな音楽が流れるカフェで、注文したケーキやドリンクの写真を撮ったり、街で買ったアクセサリーを見せ合った。

家にいる日は、料理をした。出汁をとる。天ぷらを揚げる。母は揚げ物を絶対にやらない人だった。パソコンの動画サイトで天ぷらを揚げている動画を閲覧し、初めて家庭でもふつうにできる料理なのだと分かった。クッキーを焼く、蒸し器で茶碗蒸しを作る。料理はとても創造的な行為だと感じた。湯気や熱にまみれているうちに食べ物ができあがっていく。野菜や乾物、さまざまな食材の感触をたしかめる。

あのときは、うまくいっていたじゃない。あのままでよかったのに。しかし作り上げた城は知らないうちに腐蝕を始めていて、じりじりと狭くなっていった。この部屋と生活へのねぎらいを忘れたのは間違いなく私だ。自立と思っていたものは、籠城と似ているものだったのかもしれない。家はあっても、本当には帰るべき場所ではないのかもしれない。

ゆったりとしたガウチョパンツから突き出る足などは棒きれのようになった。毎日自炊していた食事は寒天ゼリーになり、これまで負担とはまったく感じていなかった会社の飲み会が急に、漬物石のように重いものに感じるようになった。

「あ、高田さん、手酌はダメですよ。言ってくださいよ」

私は高田さんの手に収まっているビール瓶を抜き取り、高田さんのグラスに注いだ。

「斎藤さんって気が利くよねえ、ありがとう。っていうか斎藤さんこそあんまり飲んでいないじゃないの」

「いやあ今ちょっとダイエット中というか」

「そうなのお？　別にちょっとくらいいいじゃない」

「いやあ、夜遅くに飲んだり食べたりするとすぐ太っちゃうんで。居酒屋で食べると、どのくらい食べたのかよく分からないですよね」

「たしかにそりゃそうだ」

　グラスを持っていない左手で頬杖をついた高田さんは、なにかを思案しているような目で天井を見上げる。

「でも、気持ち分かるなあ。私も若いときは痩せたくってさあ。でももう今は諦めちゃってるけど」

「えー、高田さん、まだなにも諦める必要ないし。十分おきれいだと思いますけど」

　明らかにダイエットの次元ではない痩せ方をしつつあっても、高田さんは私の妙な変化に気が付かないようにふるまっているのか、それとも本当に気が付かないのかが分からなかった。四十代の人間の見ている景色というのが、想像できない。二十代の私では話し相手にならないということかもしれないが、高田さんは長い話は聞きたくないし、自分もしたくないから、個人情報を開示しない。高田さんは匿名性の高い人だ。ただ高田さんの身に着けているバッグやネックレスや時計などが、どこで買い物をするのを好む人なのか、どこが行動範囲なのかのヒントを与えているのでぼんやり想像するけれど、そこまで強烈に思い描かなくてもいいのかと私も考えることを途中でやめる。とにかく高田さんはさっぱりとしたいい人だ。あんな落ち着いた距離の保ち方を、見習いたい。会社の後輩として、だ。

家に帰って、デジタルの体重計に乗る。百グラムでも落ちれば恍惚とするが、逆に百グラム増えていると喉に梅干しの種が詰まっているかのような気持ち悪さを覚える。胃がひとりでに持ちあがるように力が入る。湯呑いっぱいにお湯を飲んでそのまま吐き出すと、食べたものも一緒に吐き出るのだが、胃のなかに蓄えているものは、もはや体液くらいしかない。肌と同じ温度の生ぬるさに安心感を覚えた。

破壊に安心するとは。自分の異常さを目の当たりにした。人生を閉じようとするほうに、強烈な力でもって自分をひっぱっていこうとしている、この力の根本はなんだというのだろう。

ドラッグストアで、目を爛々と光らせる。スーパーにはほとんど行かないようになった。食べ物はドラッグストアのサプリメントやゼリーのみになった。食品のコーナーに陳列されている『ソイジョイ』や『カロリーメイト』などという固形のものに目が留まると、小麦粉やナッツなどの塊がごつごつと胃に収まるのを想像しただけで、胃が裏返しになってしまいそうになった。

下北沢の役割は変わってしまった。数年前まで当たり前に入っていたレストランやカフェの、精巧に作られた食べ物の模型を見て呆然とする。ここに入ろう、おいしそうだねと惹かれてお店に入っていく人びとの背中を目で追う。下北沢には老舗から殴りこみまでさまざまな歴史とコンセプトの飲食店がある。わざわざインターネットで飲食店を検索したり、予約してお店に入る人だっている。自分もほんの少し前まではそちら側の人間だったはずだ。𩸽《ほっけ》の干物や香草《パクチー》の入ったスープがおいしいものだということを教えてくれたのはこの街の居酒屋だ。フォアグラの炙《あぶ》り焼きや、鯨の唐揚げなど珍しいものを食べさせてくれたのもこの街だ。この街と、食とのかかわりを離すことはできない。離すとしたら、下北沢と私そのものだ。ここには基本的に、食べて、歩いて、買い物をして、そうやって生きていきたいと思う人たちが集まってくる。これまで何回か体験してきた、排除されるシステムにまた乗りこんだ。私は下北沢から排除されていく。おそらくは自らそれを選択している。

これまで何万回としてきたはずの食事のことについては、リセットボタンを押したかった。もうすっかり見慣れた、低い雑居ビルの立ちならぶ路地の入り組んだ街並みが、急に更地になったように見えた。

仕事はできすぎず、できなさすぎない。会社はきっちり勤務して、欲は出さない。話しすぎない。万物に対して適度に遠慮することで自分の輪郭を保ってきた。しかし、もはや大きく均衡が歪《ゆが》もうとしている。

体がきしみ始めた。でも、もっともっと痩せたい。自分を破壊すれば、私に人生を破壊された人への罪滅ぼしになるのかもしれないから。

スキニーデニムやペンシルスカートも、今まで穿いていたものが緩くなった。痩せれば痩せるほど愉快になり、透明に浄化されるような気分に浸った。

夏休みの企画に向けて、取材が重なる。子育てママ向けのフリーペーパー『minna《ミンナ》』の特集「世田谷区内のおさんぽスポット」の取材として、手分けして公園の写真を撮影することになった。砧公園、世田谷公園、蘆花恒春《ろかこうしゅん》公園……企画会議で地図をテーブルに広げ、役割分担を決めた。斎藤さんは芦花公園ねと振られて、私は会社のカメラを肩に掛けてオフィスを出た。

京王線の蘆花恒春公園駅前で降り、徒歩で公園まで向かう。環八沿いの、広大な敷地の公園は初夏と排気ガスを含んだ匂いが漂っている。ドッグランで犬を走らせる人びとや、公園の樹木につかまって登ろうしている男の子などを撮影しているうちに、ファインダー越しの景色が唐突に歪み始めた。カメラだけはと思ったけれど、もろとも均衡を失って、地面にしたたかに頬を打つ。砂利の食い込む頬の痛みではっと気が付いたが、げっそりとした腕には体を持ち上げるほどの力が入らない。

「あっなんかあのひとたおれた！」

木に登っていた男の子が私を指さすのが見えた。大丈夫、自分で起き上がれるから、と声を出したけれど、男の子のお友達やお母さんたちがものすごい速さで私に近づいてくる。

「大丈夫!?」

「だいじょうぶです……」

お母さんのなかの一人が、さっと私の首の下に手を入れて、無理のないようゆっくりと上半身を起こした。その手際の良さに介護か看護の仕事に関係のある人かもしれないと感じた。

「あそこの、日陰のベンチまで動かせる？　女の子だし軽そうだから、私たちで持ち上げられるんじゃない」

お母さん同士が私を囲んで話し合いだした。

「あ、いえ、ほんと歩けます。大丈夫です」

詫びながら立ちあがったが、後頭部が糸で引っ張られているように、顎が空のほうに向かって浮き出した。またもとに戻そうとする。結局、立てたもののベンチにふらふらと崩れ落ちる。

「ねえ、持病とかお持ちですか？　それともただのたちくらみかな」

さきほどの手際のよいお母さんがてきぱきと聞いてきた。

「いえ特に何も……たちくらみだと思います。普段デスクワークで、あまり運動もしないものですから」

「そう？」

訝りながら、水を含ませて絞ったタオルを首に当ててくれた。

「あの、大丈夫です。ありがとうございます。お子さんが遊んでいらっしゃるだろうから、ほんとにおかまいなく」

大丈夫？　お大事にね？　と皆で言い合い、私が大きくうなずくと、じきに公園は私の倒れる前の空気に戻っていった。プラネットに戻るのが遅くなってしまう。理由を述べなくてはいけないので、正直にめまいがしたと報告すべきだろうか。私はプラネットに電話し、体調不良で少し公園で休んだ、今から帰ると課長に伝えた。茫漠とした土の上でも歩くように、目線が定まらずに歩いた。なんとか電車に乗りこんで豪徳寺のオフィスに戻る。取材を終えた社員たちがいっせいにこちらを見た。

「斎藤さん、どうしたの、タクシーで帰ってきたの？」

「いえ電車でなんとか」

「ダメだよ。こういうときはタクシーでいいのに。電車のなかでなにかあったら大変だよ」

公共交通機関でうちの社員が倒れたらというリスクをさっと計算し、高田さんが私を諫めた。すると高田さんの声を制するように、奥まった席から声がする。課長がちょっとここに、と私を課長の席に呼び寄せたのだ。私は再びめまいを感じそうだった。

「ちょっと病院に行って、診てもらったほうがいいと思うよ」

課長はデスクに広げた原稿に顔を埋めたまま言った。課長は基本的に二つのものごとの同時進行が苦手だ。課長がデスクに向かっているときに、電話ですよと声をかけても、まずすぐには動かない。部下が話しかけても、手もとの仕事から目を離さずに声だけでゆっくりと反応する。男の人ってそうなんだよ、高田さんがいつか言っていた。うちの父親もそう、話しかけてもだんまりだもの。夕飯作りながら片付けと掃除もやっちゃう夕方の主婦の行動は、たぶん男からしたら神業だね。たしかにてきぱきしているのは女性のほうで、よく働く女性社員のうえに不器用な男性幹部が乗っかっているのがうちの会社だ。

「はあ。めまいっていうと、耳鼻科……ですか?」

「たぶんねえ。それで、何を言われたか報告してくれる?」

「はあ。分かりました」

旋回する頭のなかから言葉をたぐりよせて、返事をした。

平日に有休を取り、病院巡りが始まった。耳鼻科では、三半規管に異常はないと言われた。

「めまいの原因はいろいろあるんですよ。貧血、低血圧からもありますし、薬の副作用で起こすこともあるんですが、普段の血圧ってどのくらいですか。顔色はいつもこんな感じですか?」

「えーと血圧はとくに気にして測ったことありません」

「原因が耳鼻科では分からないので、内科か脳神経科をおすすめしますが」

大きな眼鏡をかけた三十代くらいの医師が、カルテに記入しながら話すその姿勢がまた、課長の話し方と同じで少し驚く。

受付に戻り、この周辺の内科について質問をし、診療代を支払って耳鼻科をあとにする。その足で内科に向かう。なるべく一日で決着をつけたい。

左腕をさすられて血を抜き取られる。くるくる回る椅子に座ってお腹を見せたり背中を見せたりしたあとに、医師に言われた。

「ご飯はちゃんと食べてるの」

「はい」

「ほんとう？」

じろりとおじいさんの医師が睨んできた。その眼光に私は縮み、

「あの、ゼリーとかですけど」

とっさにこう返事したことでおじいさんは即断した。

「ここはね、風邪の人に解熱剤を出したり、抗生物質を出したりするところなの。あなたは心を診てもらいなさい」

私は頭を掻いて内科を出る。心……。病名も薬も、まだどこからももらえていない。昼下がりの下北沢に多くの足音と遮断機の音が響く。まるで網代木《あじろぎ》のように、人の流れのなかで突っ立って考えた。有休は一日しか取っていない。今日中に、もう一つ病院に行く必要があるけれど休みたい。でも家に帰るのも面倒だ。座って休めるところで、食べたり飲んだりしなくていい場所となると、もう映画館くらいしか思い浮かばない。

消極的な選択の果てに、映画館シネマアートン下北沢に入る。とはいっても、私はアートン下北沢が好きだ。この映画館は、他と違う。上映しているのは、一九六〇年代から現在のものくらいの映画で、映画館が企画したものだ。学生のときにはずみで入ったときは小津安二郎監督の作品が上映されていて、それ以来、古い日本の映画への抵抗が薄れた。何が上映されているかも知らずに入ってみたら市川崑監督の古い映画だった。暗闇のなかで椅子に深く腰を落とす。今日は物語に吸い込まれていくほどの余裕がない。でも、穏やかで懐かしい昭和の日本語の往来を傍聴しているだけで少し和んだ。深く呼吸をし、まぶたを閉じた。

心を診てもらいなさいと言われて、たどり着いたのは駅前のクリニックだった。洗いざらいに話した。嘔吐も偏食も話すうちに、私はまた嘔吐して、愉快になる感覚を得たいなどと思った。医者は渋い顔をして私と向き合っている。

「誰かいらっしゃいませんか、食事をコントロールしてくれるご家族とか」

私は少しわざとらしく目を動かした。

「うーん、親戚もいないし家族とも離れているし……」

「嘔吐すると口腔内や胃腸にも負担がかかりますしねえ。生活をちゃんと管理してくれる環境でないと。一人でいるときに倒れてしまったら危険です。過食嘔吐すると、心臓にも負担がかかるんですよ」

男性医師がそう言うと、後ろにいた看護師がにわかに動き出した。

「私……、何かの病気ですか」

「そうですね」

「でも、ただ痩せたいっていうだけなんですよ」

「なんで痩せたいと思ってるの？」

いきなり口調が変わったので、私もすらすらと答えた。

「だって、痩せれば人に好かれるじゃないですか。私の知人は痩せていて、美人でスタイルがとってもよかったんです。かわいいって、よく言われていたんです。それがうらやましくって」

「もう少し専門の病院に行きましょうか。専門領域で、詳しく診てくださる先生を知っていますので」

診察が終わり、私はプラネットに電話した。もう夜になっていたが、課長はまだオフィスに残っているはずだ。

「あの……入院になってしまいました」

「え？　悪かったの？　いつまで？　検査入院とか？」

課長のわりにめずらしく複数の質問が飛んできた。

「えーと入院先は中央線沿いの大きなところらしくて、入院がいつまでというのは、その大きな病院で診察してみないとはっきりしないそうです」

電話の向こうで何かがばさっと落ちる音が聞こえる。課長の動転が伝わってくる。

「明日はオフィスに向かいます。いろいろやりかけた仕事があるし」

「……分かった。入院ともなるとまず最低限は引継ぎなどをしないといけない」

翌日は引継ぎに追われた。高田さんや同僚に向けて指示書などを書いたが、ペンを持つ手も、キーを打つ手も、水分の抜けたもやしのようにしなびているのが自分でも分かった。オフィスの空気が勝手に変えられた気がした。オフィス内は、もうこれからは斎藤さん抜きでいこうという、新しい関係を構築する空気が積乱雲のように作られていくのが分かった。しかし、変わるきっかけを作ってしまったのは私だ。このオフィスのなかで、すでに立ち入る場所がない。一千三百万人の大都会で一度分かれ道を踏んでしまったら、もう二度と会うことはないという覚悟を常にしていないと、お互いが傷つくことがあるのだ。書類を書き終えてペンをことんとデスクに置くと、シャットダウンされたパソコンのように、私は世界とのつながりを失った気になった。私は内臓から骨から、すべての力と息を吐きだした。

一人で暮らすこの日常のなかで、友達と休日に下北沢で会ったり高田さんと飲んだりしてきたが、いくら絆を結ぼうとしたところで人間はアトミックなのだ。どうでもよろしい。考えたらみな、アトミックなのだ。そもそも、つながりを絶つことを原動力としてここまで歩いてきたのではないか。宇宙船が地球から離れるときの噴射力のようなものを使ってここに来た。その途中で誰かに巡り会っても、私の噴射力は誰もついてこられないような遠くの場所まで私を運ぶ。

着替えや歯ブラシや本などの入った大きなボストンバッグを持って中央線に乗り、郊外に出向く。徐々に田畑や自然の風景が目に入り、妙なことになってしまったなと再び頭を掻く。

「医師　水上佐知子」と書かれた名札を下げた医師は若く、声が雲雀《ひばり》のように高い女性だった。大きな目に浅黒く引き締まった肌。やばい、美人だ、私は警戒した。美人を前にすると一歩後ろに引いてしまう癖がついている。水上医師は私の怯えなどまったく意に介さずに、長い指を淡々とカルテの上で動かした。身長百五十五センチ、体重三十五キロという私が申告した数字を書き込む。

「一人暮らしなんですよね」

「はい」

ふーむと水上医師は縦に小さく首を振りながら、またペンを走らせる。

「食べられるご飯はなんですか」

「今は寒天ゼリーです。飲み物はコーラです」

「もっと痩せたいとか、体重が減ったら嬉しいと思いますか」

「嬉しいし、もっと痩せたいと思います」

また水上医師は何かを書き込んだ。

「何か心配なことはありますか」

「特にないですけど……、入院にかかった費用を払えるか心配です。あと仕事に戻りたいです」

ふと、水上医師は顔を上げた。

「ここでは、社会人でいなくたっていいんですよ。今は働かないことがここではむしろ仕事ですからね。体と心に栄養が足りていませんね、ちょっと点滴やお薬を出しますよ」

私がその返答にあっけにとられていると、私の前はめまぐるしく変わり、目の前にいるのが看護師になったり、またさきほどの医師にもどったり、別の医師になったり、ベッドに横になるように言われたりした。

こんなのダメだ。

私はベッドのうえで、ふがいなさに殴られたような気分になった。美しい医師が私の話を聞いてくれるなんて、信じない。夕飯ですとベッドサイドに運ばれた食事を拒み、手をつけなかった。管理されつくした空調も煩《わずら》わしかった。昼間からテレビを見ても漫画を読んでも怒られないという自由さも、受け入れがたかった。プラネットで、自分がやりかけて、そして自分で放擲《ほうてき》した企画や会議の書類がばさばさと頭のなかで舞った。あの企画を続けたかった。蘆花恒春公園で私が撮影した写真は今、誰がどう企画のなかに載せてくれているのだろう。ちゃんと誌面に載せてくれるだろうか、それとも写真を撮っただけで終わったからボツになってしまったかもしれない。

痩せたことを、心配してもらいたいんだ。医者ではなくて母にだ。全然連絡が来ないけれど、いったい一人で何をやっているのだろうかと、詮索してくれることを私は熱望しているのだ。その次の瞬間、まったく逆の気持ちも生まれる。もうとっくに、あの小田原の日々からは離れているのに、どうしていまだに家族のことを気にしているのだろう。家族にどう思われようと、母が私に無関心だろうと、もう知ったことではないはずなのに。

こんなのダメだともう一度私はつぶやき、腕に針を刺されたまま手足が震えるのをしたたかに感じた。今が何時か分からない、夜だということは分かったが、まだ夜になったばかりなのか、深夜なのかも分からない。ただ体の震えだけを感じた。そして震えは徐々に、点滴の刺さる腕に向かって収斂《しゅうれん》されていった。なぎ倒され、すべてがそぎ取られていった。頬の肉も、左右のふくらはぎも、内臓も、臍《へそ》も、鎖骨も、歯も、胃液も、すべてが砂のように削り取られ、こなごなになってどこかに行ってしまった。

いつしか私の存在は、細い針を刺されている右腕の痛みそのものになった。大きくため息をつくと目を閉じ、そのまま眠っていった。


「絵梨の両親って、どっちか外国人なの？」

小学校の高学年になると、休み時間には机のぐるりをクラスの友達に囲まれて、そう聞かれることがあった。

「あたし、見た。こないだクリエイトで買い物してた」

萌奈が買うヘアワックスや、リップクリームやつけまつげを、同級生に確認されていた。

「分かってるけどー。なんかハーフみたいなんだもん。超きれい」

「日本人だよ」

小学生の私たちからしたら、ハーフのような中学生のおねえさんは異次元の生き物だ。圧倒的だ。それがクラスの同級生の姉だと分かると、「あんなお姉さんがいるあなたもすごい」という、身に覚えのない称賛を受けることがあった。

「そうかな……」

と思っても、首をかしげることも許されない雰囲気である。私は適当にいつも頷いて、台風が去るまで家のなかでじっと息をひそめるかのように、この話題が自然とどこかに流れていくのを待った。

「何部に入っているの？」

「テニス部らしいよ」

らしい、ということにして、それ以上の突っ込んだ質問を遠ざけた。

「へー、似合うかも」

萌奈は、私の行動を縛った。たとえばそれが大っぴらな口喧嘩だとか、殴り合いだとか、とにかくフェアなものであれば、私もいささか納得がいったと思う。でも違う。

たとえば家の廊下ですれ違うときの私を、一瞬だけ見る目。一瞥するだけでこうも人の心のなかをひっくり返せるのかというくらい、むしろ感心するほどだった。

白い蜘蛛糸のような、細いけれどぴんと緊張した糸は、家のなかに増えていった。

山の野道を歩いていたら、ふと蜘蛛の巣が頭に引っかかってしまうのと少し似ている。あ、ぶつかったと思ったときには遅い。萌奈の愛用している洗顔フォームを洗面台で倒してしまい、そのままゴミ箱に入ってしまったのをうっかりもとに戻し忘れたとか、萌奈の靴をスニーカーで踏んでしまい、泥を付けてしまったとか、あとあと萌奈に見透かされるようなことをやってしまったときのとりかえしのつかない感覚は、私に罪の意識を負わせるのに余りあった。ごめんなさいと謝っても、それは萌奈に響かない言葉だった。謝ることさえも、そのうちしなくなった。

「お姉ちゃん怒ってたよ」

怒っていたなんてことは、わざわざ母に言葉にしてもらわなくても分かっていた。言葉にされることで、萌奈の怒りは公認のものであるかのようになり、ますます壁際に追い詰められた。

「謝ったの」

母に訊かれた。

「……まだ」

「謝ったほうがいいと思うよ。せめて」

「……うん」

謝ったところで固く結ばれた萌奈の気持ちは、ほどけるようなものではなかった。やはり、圧倒的だった。

私がどんくさいから？

自分の学習机に突っ伏して、考えた。そう、たしかに私はどんくさい。予防できるようなことを、うっかりやってしまうことが多い。靴を汚してから、倒したことを忘れてはっと思いだしてから、リビングに置いてあった萌奈の本を自分の書き取り帳の下に敷いたまま宿題を始めてしばらくしてからなど、私がしまったと気がつくタイミングというのが最高に遅いし、それが萌奈の怒りの着火点でもあった。

どんくさいからダメなのか。

そう結論を落ち着けようとしても、おさまりの悪さが残る。

萌奈の視界に私が入っていないとき、萌奈はどんな景色を見ているのだろう。知りたい、いや知りたくない。同じ血が流れていても、萌奈はいつも遠い対岸に立っていて、私は海峡を渡ることができない。本当に、外国の人みたいだ。

「美人姉妹ですね」

郊外のショッピングモールに買い物に行き、服やアクセサリーを見て回る母と姉に向かって、店員さんがよくこう声をかける。

「まさかあ、親子なのに」

萌奈はさらりと笑って返した。萌奈は母に似ていた。私は恋人同士のように腕を組む二人を見て、ヨーロッパの磁器の人形のことを思いだした。レース、お花、小さなつま先の靴、白い肌、大きく黒目勝ちの目、そして冷たさ。

「妹はあっちですけど」

萌奈が小さく店員さんに告げると、離島のようなところに突っ立っている私のほうに目を移した。二十代くらいの女性の店員さんは慌てて、え？　妹さん？　とわざわざ丁寧に確認し、安物のそっけないスニーカーに休日でも学校のジャージを着ている私に会釈をし、置いてけぼりにしちゃ悪いとばかりに優しく笑いかけてくれる。わざわざ離島にいる人間を呼び寄せることなどないのに。そっちに行くための船も飛行機も、私にはないのだから。

冬の丹沢湖を初めて見たときに、懐かしさを感じたことがある。こういう温度の低い世界に、かつて住んでいたように思う。乾いた雑木林が湖畔にせりだして、湖は深い緑色の水を満々と湛《たた》えていた。

小学校を卒業して以降は、ずっと違う学校に通っている。私が中学生のときは高校生だし、高校生になれば、むこうは大学生だ。それぞれが押し出されるように、次に進んでいる。追いつくことはない。差はいつも歴然としていて、残酷なその差を縮められるような事実もなければ、私の実力不足をかばう人も家族にはいない。

萌奈はあらゆる面で私を圧倒した。

中学で白いスコートを穿いていた萌奈は、高校ではサックスを首から下げるようになった。部活の集合写真がリビングに置かれているのを見たことがある。皆が同じ制服にめいめいの楽器を持って立っているけれど、並んで写っている顔のなかで、とにかく一番先に目がいくのが萌奈だ。金色のピカピカした、複雑でおごそかな造形物を何の苦労もなく容姿になじませている。スコートも、ラケットも、サックスもなじませられる汎用性の高い容姿はもはや女優である。

「宝塚目指したら？　って言われちゃったー」

考えていることを見透かすように、萌奈がそう言いながら私のほうにつかつかと寄ってくる。リビングで、微動だにせずに写真を見ていた私の手からさっと写真を引き抜いた。地元の伝統校の制服は、古風な紺のボックスプリーツのスカートだ。それも萌奈の手にかかると、シックなミニスカートになった。膝下の、紺の細かいプリーツスカートから足をつき出した私は、スニーカーソックスを履いている。私も高校生になれば……いや、それはないな。まず伝統校に行けるような頭の中身ではない。

「ねえ、写真もう一度見たい」

「やだ。これはお母さんに見せるつもりで置いたんだから、触らないでよ」

「見るだけでもダメなの？」

「なんであんたが見る必要があるのよ」

必要があるかないかと言われたら、ない。ただなんとなく見たかったのだ。それだけだ。高校ってどんなところ？　吹奏楽部って何をするの？　彼氏いる？　バイトとかやっていいの？　一枚の写真から、訊いてみたいことがどんどんほころんできそうだったのだ。

「べつに……」

私は砂時計がひっくり返されたような答えしか言えなかった。

「じゃあ触らないでよ」

私は立ち尽くす。萌奈はふっと笑った。

「お母さんは、私のことが好きなんだって」

私は十五センチくらい目線の高い萌奈の、喉元を見た。目を見ることができなかった。

「あんたはかわいくないんだって。私のほうがかわいいんだって」

容姿の美醜を言っているのではないのだということを、私は理解した。萌奈はとどめを刺した。

「ちゃんと分かってる？　そのこと」

向こうは品行方正、成績優秀、容姿端麗などという言葉では飾りつくせない輝きを携えているのだ。あれほど羨望されている人間が、持ち物の少ない人間をわざわざくどく貶《おとし》める必要などあるのだろうか。長身の萌奈からしたら、視界にも入らないようなうだつのあがらない妹なのだ。そのまま無視してくれていいのに。萌奈が勝手に無視してくれれば、私はようやく息ができるというのに。

おそらくは、気に入らないというだけではない何かがある。萌奈の導火線に着火する何かがある。それは必ずしも、私が踏んでしまうものではなく、母が踏んでしまっているかもしれないという仮説を立てることができるようになったのは、大人になってからのことだった。萌奈は夕飯の時間を過ぎても帰宅しないことがあっても、ひとたび家に帰ると猛然と勉強し始める。学習机にテキストを山積みし、おでこの前に垂れ下がる長い髪をくるりとひねって、くちばしの形をしたクリップで留める。萌奈がこの髪型になると、私は数時間、絶対に近くでドジを踏めない。階段でずり落ちたり、洗面所で蜚蠊《ごきぶり》に遭遇しても叫ぶことはできない。恐る恐る萌奈の部屋に耳をそばだてると、英語のリスニングの音が流れたり、漢文を朗読するような声が小さく振動してくるのが分かる。

タイルの目地詰めのようだ。

家のなかを自分の息で支配して、壁や窓のすみずみにまで目地を詰めていく。白く、純で、混じることを許さない。私は排除されていく。遊べる余白さえない。息ができない。私の窒息と引き換えに、萌奈の爆発的な集中力は高い偏差値を叩きだす。

「これなら第一志望の大学に余裕かも。もっと上を目指そうかなあ」

わざと聞こえるように独り言を言って、リビングに模試の結果が置かれている。へえー、と無防備に覗き込もうとしてしまうところに、私の底なしのドジさは発揮される。

「ちょっと、あんたに言ってるんじゃないんだけど」

「だって……、聞こえてきたから」

「なに？　聞こえてきたからって勝手に見ていいなんて変じゃん。お母さんに見せるつもりなんだけど」

「うん……」

「触らないでよ、クズ」

激しい口ぶりとともに、萌奈の刺すような目線にハッとして顔を上げた。私への怒りではなく、別のものへの哀絶さが絡まっている気がしたからだ。


不思議な夢を見るようになった。

自分が夢の中で、何度も死んだりよみがえったりする。死んだ、産まれた、殺された、生き返った。目が覚めて「ああ、生きてたか」と実感する。自分の首が誰かに斬られて転がっていく。首のない体のまま慌てておいかけて、自分の肩のうえに乗せてみる。すると何事もなかったかのようにまた普通のすがたに戻る。なんだ、戻るんじゃん、慌てて損しちゃった……、と笑う。眠っているときは、殺戮と蘇生を繰り返す世界に身を置く。むしろ、朝起きて学校や部活に行く生活のほうに、いささか当事者性を失っていた。


授業中に静かに座っていると、体が持ちあがり、宙づりにされているように感じる。世界が二つに割れて、一つの日常を、制服を着てすごす。そして夜は海峡を渡るかのように別の世界に行き、殺される。

数学の授業中だった。教科書にマーカーを引こうとした。

「……あれ」

三平方の定理や解《かい》の公式など、記号や数字がずらずらと並んでいたはずの箇所には、黒い毛玉のようなものがごろごろ転がっていた。じっと目を凝らしたり、逆に遠ざけたりしても変わらなかった。

ブラウン管の古いテレビが壊れるときのような、滝のような雑音が耳の浅いところで響くようになった。

夕飯に、白い魚を焼いたものがでた。

「この白い魚なに？」

「白？　白じゃないでしょ。焼いた鮭よ。サーモンピンクってこのことでしょ」

母は白い魚を指して、これは鮭だとかピンクだとか言いだした。え？　私は魚に近づいてみたけれど、近づいてみたところでやはり色が変わることはない。

たしか、ピンクは白と赤をまぜて、サーモンピンクならそれにちょっとの黄色を混ぜれば……私は勢いよく席を立ち、自分の部屋に駆け込んだ。小学校のときに使っていた水彩絵の具の箱を引き出しから取り出して、がばっと蓋を開ける。

褪《あ》せている。

チューブを手に取ってみると、青と書かれたものは限りなく薄い水色だったり、黄土色が薄いベージュだったり、不思議にも黒はわりとくっきりとした深い黒だったりしている。

この世界は、いつからこんなふうに色彩をもつことを辞めたのだろう。世界は、そういうものになったのだ。私の知っていた世界は変わったんだ。へえ、なるほど。不思議な順応があった。ずいぶん久しぶりに大きく呼吸ができたような気になった。むしろ今までの世界が、刺激が多すぎたんだ。押入れのなかの衣装ケースを開ける。ピンクの靴下や赤いハートの刺繡がついた白いスカート、ブルージーンズ、同じだ。すべてもぎ取られた。誰かに色を持っていかれた。そうかあ、それならよかった。私は安心した。今まで目が痛いほどだったんだ。本当は、騒がしいピンクや黄色に辟易《へきえき》していたんだ。持っていってくれた泥棒に感謝した。ここにいれば大丈夫、あ、でも勉強は困るな……、教科書やノートの色彩が失われていることについては折り合いがつかないどころか、むしろ焦る。受験、どうする？　私は頭を抱えた。黒い毛玉のようなものを思いだした。わけが分からなかった。字が読めなくなったらどうしよう。もともと勉強は得意とはいえないけれど、最低限のこともぎ取られてしまったら。

その日に見た夢は、蚊取り線香のようにぐるぐると円の中心に向かって歩く夢だった。歩いている私の両側は、高く白い壁でおおわれていて、外の景色は分からない。行き止まりになると私は空を飛んだ。空を飛びながら下を向くと、先ほど歩いていた螺旋のような道が、とても穏やかな、とても素敵な場所だったのではないかと恋しくなり、飛んでしまったことをひどく後悔した。

飛ばなければよかった、ずっとそこにいたかった。

久しぶりに、水に触れたときのようなはっきりとした感覚を思い出した。


「お母さん助けて！」

私は背骨を硬直させて起き上がった。

すべての家事を終え、お風呂上りにゆっくりと新聞を読んだり日本酒をたしなむ時間を母は至福としているようだった。どれだけ深夜になっても、その時間だけはいつも確保している。

「まだ起きていたの？」

叫びながらリビングに駆け込んだ私に、母は新聞から目をそらさずに声だけを投げた。

「何よ、虫でもいたとか？」

「違う」

「明日、練習試合じゃなかった？　早く寝なさいよ」

母は介護施設で働いている。お年寄りの体を支えたり、持ち上げたりするのに腕は長いほうがいいの、と長身で手足が長いことを自慢している。でも、このときの母はひどく小さく見えた。本当は、母は小さい人だったのかもしれない。いつも見ている、大柄で、白いスニーカーで颯爽と車に乗りこんで出勤していく母のほうが、まぼろしだったのかもしれない。今までのことのほうが夢だったのかもしれない。

でも、私はもう飛んでしまった。漂流は始まってしまったんだ。私は不思議な予感を得た。たぶんしばらくは帰ってこられない。頭のなかでそこまで考えを這わせると、母に泣きつこうとした自分を閉ざしていった。静かに踵《きびす》を返すと部屋に戻ってドアを閉める。机の上に置かれた卓球ラケットを一瞥した。たしかに、練習試合は明日。母が、困窮した私を部屋に返す理由を作ったラケットだ。私は両手で肩や腕をさすり、大きなローラーで平らにならすように、神経を皮膚になでつける。でも大丈夫、きっと泥棒が、私の苦しみをどんどん盗んでくれると思う。

それは本当にやってきて、私を楽にしてくれた。二月でも寒さを感じなくなり、給食に出てくる苦手な人参ソテーや五目煮をまずいと感じない。緊張が走るはずの高校受験の時期にさしかかっても、ぴりぴりした空気の外側に私はいた。


父は週末に家に帰ってくる。

「絵梨はいつものんびりしているなあ」

おかずを少量ずつぽつぽつとお箸に取り、食事をする私を見て、父が言う。

父こそがのんびりとした善人だ。私が自分の世界のものをハッキングされつくしているということに気が付かず、神経の麻痺したような私の顔だけを見てそう言う。

「でも、ちゃんと勉強してんのかしら。ぼーっとしすぎているように見えるけど。もう受験じゃない」

「大丈夫だろう、この顔を見れば大丈夫だ。緊張しているよりはずっといいだろ」

「ねえ、あたしの顔は？」

久しぶりに家族全員がそろった日曜の夕飯だ。受験生の私にどうしても話題が集まってくる。そのベクトルを常に横から変えようと、萌奈が父のまえに立ちはだかる。

「ん？　お前の顔は……あいかわらずお母さんに似てるなあ」

「そお？」

母と萌奈は鏡のように顔を向かい合わせた。萌奈は誇らしげだ。

父は缶ビールを自分のグラスに注いだ。母がスーパーで買ってきた海老チリやポテトサラダが、それまで入っていたプラスチックパックの四角い形状をそのまま残して、丸い平皿に乗っている。

母の仕事は不規則で、いつ、何時に家にいるのか、その日になってみないと私には分からない。職場ではしっかりシフトとして決められているようでも、こまかい時間をあまり母は伝えない。日曜でも日中は留守で、なんとかして夕方に惣菜を買いこみ、嘆くようにドアを開けて母が帰宅することがある。来週も同じなのかは、分からない。

父は、父と子のやりとりに枯渇していた。家に帰宅したときは、針の先まで充実させてやると言わんばかりに機嫌がよかった。その機嫌のよさの懐に飛び込んでいければよかったけれど、そうしたら今度は私が父を迫害してしまうことも分かっていた。私も家を欲していたけれど、父も家を渇望していたのだ。会話のベクトルを曲げようとしている萌奈も、料理を手抜きする母も、家を欲していた。

週末に、家のなかに持ち込まれるノートパソコンやビジネスバッグやスーツケース。オフィスや通勤電車の匂いを貼りつけて帰ってくる父は、どこにでもいる、競争原理の戦に身を投じる日本の中年男性の一人だ。持ち物の匂いを吸い込むと、日本に戦争はないのに、戦争のように厳しい外の世界を思った。

私は、地球のことを知らなすぎる子どもだった。家のドアを開けて外に出ても、先進国の軍隊に家を誤爆されてしまった中東諸国の子どものこととか、地球はとめどもなく温まり続けていることとか、大人たちのお金の循環があまりよくないこととか、そういうことを空気で感じることができない。むしろ家のなかに持ち込まれる父の匂いが、なまなましく地球の現状を伝える唯一のものだった。父が帰ってくるのは楽しみだった、匂いが分かっていた、今までは。玄関に置かれた、父の所持品を見つめる。触ってみる。でも今はもう、手からも鼻からも、得られたものは砂のようにじゃりじゃりと、乾燥した無味なものだった。

匂いや色彩の次に、言葉を失った。熱い、寒い、美しい、淋しい、面白い、そう言った言葉を、泥棒はどこかの土のなかに埋めてしまったに違いない。私はそれを掘り起こす方法を知らないが、そもそも掘り起こしたくもなかった。感情はいらない。抜き取られた世界のほうがよほどしんと鎮まっていて息ができる。

体育館のなかで『仰げば尊し』がふわりと響いた。ベルトコンベアの上に立っているかのように、意志と関係なく壇上に進み、ぽつりと返事をして、分厚い紙を両手で受け取り、そしてまた意志とは関係なく、体育館から外に押し出された。楽しかったのか、そうでなかったのか、よく分からない日常だった。

見上げると、のっぺらぼうな空が私を覆っていた。

高校に入ると、友達とのあいだには少しずつ隙間ができていった。携帯電話を買ってもらい、アドレスを交換して連絡し合う。中学のときよりもよほど自由度の増したやりとりになぜか不便さを感じるようになった。

何とか入学できた、県立高校の英文科のクラス。数学や理科はからっきしでも、英語のように画数の少ない、シンプルな形状をした文字の言語なら、私にも多少理解できた。

抜きとられた私の世界は、四方を鏡で仕切られた万華鏡のように狭く、そして残されたわずかなもの同士がなんとか生き延びようと反射しあって、すこしだけ輝きあっていた。高校生活を大切にしようと思っていた。でもおそらくは、もう無理だと思う。私は以後の人生をこういう感じで生きていくしかないんだ。小さくしか、学校生活を送れない。放課後に運動場で声を上げながらボールを投げ合うハンドボール部。一列に並んで指先を体の脇にそろえ、顧問の話を聞き入る野球部。体育館では、シャトルとラケットがぶつかり、抜けるように軽い音を立てているバドミントン部。卓球、またやる？　私は自問した。でも自信がなかった。中学まではよく追いかけることのできていた白いピンポン玉だが、中学三年で部活を引退し、いろいろなものを盗まれて以降は、どうやってこちらに飛んでくるピンポン玉をラケットに当てたりできたのかが分からなくなった。体はまた、数センチくらいは身長が伸びたのかもしれない。でもそれと同時に、ぼろぼろと後退を許したところがある。行きついたのは、パソコン部だった。キーを叩いて表を作ったり、会計ソフトを操ったりする、歯車のような作業が、今の私には落ち着くものだった。

私と、私以外の人とのあいだには、机と机のあいだの列にあるような、細い断絶ができていく。会話には出遅れ、待ち合わせには遅刻し、相槌をうつタイミングなどを取りこぼしているうちに、私と集団とのあいだにできた齟齬《そご》は埋められなくなっていった。予定調和の輪から外れ、ぽつねんとして机に着席している。淋しさにさえ疎くなった私はこのほうが軽いとばかりに安らいだ。友達はきっと、うまく作れなくなってしまったんだ。そのほうがいい。関係性のなかにいるのは面倒くさい。浮いているくらいでいい。開き直りが私を救った。

萌奈は家から横浜の大学まで、電車で通った。私はそれをずっと不可解に思っていた。昔から友達も多くて、スケジュールを忙しさで満たすことに一生懸命になっている萌奈は、一人暮らしするに決まっていると私は思っていたのだ。

「ねえ、お姉ちゃんって、なんでうちから学校に通っているの？」

「小田原と横浜の距離なら通えるからでしょ」

「一人暮らしするのかと思った」

「それは無理よ」

「なんで無理なの？　大学生なら一人暮らししている人もいっぱいいるんでしょう？　それともうち、お金がないの？」

「お金のことじゃないの」

「あんまり家にいないじゃん。それなら初めから横浜に住めば楽なのに」

バイトやサークルは萌奈の一日の予定を埋め尽くしているようだった。人材派遣会社に登録すると、さまざまな業界から依頼が来る。横浜アリーナのスタッフのバイトや、スーパーでのデモンストレーション。バイトついでにアーティストのライブのリハが見られちゃう。萌奈はスイーツでも食べているかのような顔をして、横浜アリーナのバイトのことを母にそう言っていたことがある。そう、いいね。母は洗濯物をたたみながらそっけなく返していた。

「一人暮らしなんて無理よ、萌奈には」

「やってみないと分からないじゃない。っていうか普通にできると思う」

萌奈が一人暮らしをしない理由をはっきりさせることにだんだん意地になってきたけれど、なぜ意地になっているのかもだんだん分からなくなってきた。

「なぜそんなに萌奈のことを気にするのよ。あんたはあんたでしょ」

「……関係ないって言いたいの？」

「そうじゃないけど……」

母は静かに苛立っている。

「そもそもね、萌奈は別に一人暮らしを望んでいなかったの。帰ってくるのは確かに遅いけど、通えない距離じゃないから、これでいいってあの子自身がそう言うんだもの。一人暮らししなさいなんてお母さんがわざわざ言う理由もないでしょ」

でしょ、と同意を求められて、私は参った。

「……ふうん。お姉ちゃんは一人暮らししてみたくないんだ。家を出たくないんだ」

「そうよ、絵梨はさっきから何が言いたいの」

そろそろしつこいと言われそうだったので、もうやめた。

家を出ていってほしい。私は大学入学を機に萌奈が爽やかな表情でこの家を出ていってくれるのを望んでいた。でも、一年生、二年生、三年生になっても家から大学に通うスタイルを変えない萌奈がいじましくなってきた。同時に、ものすごいことが心の中から湧き出してきそうだった。もしかしたら、母が萌奈を離そうとしていないのではないか。でも、さすがにそれはないんじゃないの。この人たち、一見仲は良いように見えるけれど、実はけっこうドライだよね。

そもそも、母は何を考えているのだろう。萌奈と腕を組んで歩いたりしているくせに、「萌奈には無理」など切り捨てる。模試の結果も部活の写真も、一番に見てほしいと目を輝かせて萌奈が報告しても、あっそうの一言だ。一緒に困ったり、泣いたり、喜んだりはしない。

あんなに優秀な人でさえ評価されないのだから、私などはもはや人間以下だろうか。そう考えると、人間としてものを食べたり、飲んだり、眠ったりすることが無意味なことのように思い始めた。

本当は、萌奈が何を考えているかよりも、母が何を考えているのかということをずっと知りたかったのかもしれない。私のことをどう思っているのかという、槍のようにとがった問いはつねに体を貫いていた。

かわいくないって本当に思っているのかな。

でも、私はこの言葉が頭に浮かんだ次の瞬間に、この言葉を掻き消すように頭《かぶり》を振った。この質問はしてしまったら最後だ。この答えが不明のままという状態が、私が日常を維持できている根拠である。

もし質問したいなら、私は最悪のなかのさらに最悪のケースを想定しないといけない。実際の被害が想定の数十倍であった例が世の中ではたくさんあることを、高校に入ってから少しずつ知っていった。そうよ、別にかわいいなんて思ったことない、娘のことを毎日かわいいなんて、普通どの親も思わないと思うよ。私は部屋で役者を気取ってみた。母の口調を真似て、うっすらと声に出してみる。さあ私、どう思った？　怒り？　悲しみ？　こころの中でどういう感情が湧くかの実験をしてみたけれど、乾いた泉のように何も湧き出てくるものがなかった。実験失敗だ。というかもう、私は気持ちというものを失っているのだ。

日曜日にほっとした様子でゆっくりトイレに入ったり、じっくりとコーヒーを淹れたりする父の横顔をうかがっていた。母に訊きにくいなら、父はどうだろう。でも、私は父に席を譲らなければならない位置にいる。家にめったにいない人間たちに、家のなかを支配されている。家にはあまりいないけれど、家を勝手に変えられたくないという人ばかりだ。

そうだ。

私はドリップコーヒーにおもむろに熱湯を注ぐ父を見て、まぶたを広げた。

簡単だ。私が家を出ればいいじゃないか。

「お父さん」

ふいに私は父を呼んでいた。

「うん？」

台所で突っ立ったまま、我慢できないとばかりに、しっとりとした黒い液体を啜《すす》り、満足そうに父が返事した。母は庭で燃えるゴミをまとめていて、萌奈はまだ眠っていた。

「私、高校卒業したら家を出たい」

「家を出たい？」

「うん」

言ったそばから後悔した。もっと緩衝材のような言葉を使えばよかった。嘘でも、東京の大学に進学したいとか、英文科だけに留学してみたいとか。しかし父の返答に私は救われた。

「大学に行きたいということか？」

「そ、そうそう。それ。大学に入れないかもしれないけど。専門学校とか」

父は、ほお、とか、うむ、みたいな声を発して、マグカップを片手にテーブルにゆっくりと座った。決して詰問を始めるような雰囲気ではないが、答えられないような問いが投げられたらどうしよう。

テーブルを挟んではす向かいに座った父の眼窩《がんか》はすこしくぼんでいて、朝日が斜めから差し込んでくると表情の陰影が深くなってきたと分かった。服装こそ若作りをしてこざっぱりとしているけれど、父のことは家にいるときによく見ておかないと、すぐに年老いてしまうような気がして心配になった。やっぱり、いけなかった。年老いた父に、家出宣言などしてしまったら心臓に悪い。家を出ていくのは自分なのに、心理的に迫害をしているのは私のほうなのではないか。

父は朝刊をゆっくり広げた。

「見つかるといいなあ」

「え？」

小さな段差に気が付かずに落ちてしまったようなマヌケな衝撃があった矢先に、玄関から、がさがさと角のある音が聞こえてきた。

「はあー、分別終わった終わった」

余ったゴミ袋をくるくると回し、たたみながら母がリビングに入ってきた。

何事もなかったように会話は絶たれ、母は私と父が話していたことさえ気が付かずに、あれ、お父さんも絵梨もまだなの、食べるでしょと同意を促し、パンを袋から取り出すと三枚をトースターに荒々しく投げ入れた。チンと音が鳴ると母は指先でパンの耳をつまみ父と私のお皿の上に置いた。父は、焼かれたトーストにバターを塗り、かりっと音を立ててほおばる。

父は私に反対しなかったのだろうか。どちらなのかが分からない。それとも、お前なんか出ていけという、穏やかな追放なのだろうか。風車のように、私の頭のなかはくるくると回った。


夢を見た。

それは、人間は産まれてくるまでに一度、地球とよく似た星に住んでいて、その星にある大きな公園でたくさん遊び、遊び疲れた者から飛んで、地球までやってくるという、子ども向けのSF小説のような夢だった。私も、その公園で遊ぶ子の一人だ。水飲み場で水を飲んだり、砂場で遊んだりしていると、十年前に見たのとよく似ている、螺旋状の壁があった。

私はそのなかに入っていった。壁のなかをぐるぐると彷徨《さまよ》った。どん詰まりに来たときに、十年前と同じ飛翔を、私は始めた。これはまた不安に陥るための進路なのかもしれない。でも、景色は信じられないくらいに緑色に萌えていて、振り返ると、さきほどの壁は白くまぶしく輝いていた。

ああ、私は今、飛んでよかったんだ。

次の瞬間に、私の視界は矮小化されて、狭く赤い場所に一気に体が潜り込んでいくのが分かった。そこが胎内であるということを、頭よりも体が先に理解していた。気が付いたら手足をうまく曲げ、首を膝につけるようにして、私は安心して丸くなっていたのだ。

そうか、私はもう一度産まれるんだ。

そのときだ。十年近くも前に、何者かによって土のなかに埋められてしまっていた言葉のはしくれがにょきと頭を土から突きだしたのである。

淋しい、お母さんに会いたい。

でもそれはできない、だって家には父も萌奈もいて、だって帰れないし、だって私はダメだから。だって、だって、だってを繰り返す。プールから這い上がったときのように、ぬるりとした温水のなかを頭から脱していく感覚を残し、目が覚めると私は萎《な》えた。激しく頭痛を感じ、天井のくっきりとした茶色い染みを見つめた。

一週間ほど点滴の針を腕に刺し込まれていたように思うけれど、あいまいだった。ベッドから天井を見上げる。茶色いくっきりとした染みがまだ厳然とそこに存在していて、網のように広がって私を捕らえるなどということも、薄まって消えていくということも、当然なかった。本棚を整理するように、私は思いついたことを頭のどこに置こうか思案していた。まず起き上がってトイレ、それからだいぶ体の隅のほうにまで、神経が届きつつあるのが分かった。とても、久しぶりのように感じる。

ぺたぺたとスリッパを引きずるようにトイレを出て、部屋に戻るまえに少し、ロビーにある大きなソファに座る。朝日が軽やかに差し込んできた。子どものころ、夏休みに早起きすると、この朝日によく出会ったように思う。建物はとても古く、ロビーの壁も黄ばんでいたりソファの皮に亀裂が入っていたりしたが、朝日は、その古さをも洗い落とすように輝いていた。

看護師がナースステーションからCDプレイヤーを持ち出して、ロビーのコンセントにつないだ。この時間を心待ちにしていたとばかりにロビーにやってくる患者が何人もいて、何が始まるのだろうと観察した。CDプレイヤーから軽快なピアノの和音が流れた。ラジオ体操だった。ソファに座りながら、患者たちの動きを眺めていた。ここで毎朝体をきっちりと動かせる人はおそらくは軽症で、私はまだ自信がない。でも、なんのためらいもなく体を動かすなどということを何年も怠っているような気がして、ラジオ体操に混ざりたいと思いはじめていた。音楽が終わると、ふうという、達成感まじりのため息をつきながら、患者たちは部屋に戻ったり、ロビーで読書を始めたりした。少しのあいだ、自由な空気が漂う。ぼんやりとロビーや窓の外の風景を見るともなく見ていたら、頭のなかにはぎれのような布がいくつも現れた。何かの拍子に断片的に聞いてきた話の記憶が、はぎれになって頭に浮かんでいる。それをつかんで、縫い合わせてみた。


あの家のなかに住んでいる家族は、私を含めて、おそらく普通の人たちだ。

それなのに、どこかおかしい。自分の体に合わないコルセットを無理にはめているみたい。母は母になろうとしているし、父は父になろうとしている。でもそれがうまくいっていない。萌奈については最も顕著だ。萌奈は私からしたら「姉」だけれど、そのコルセットに対して萌奈は適応障害を起こしている。


一方で、家の外の世界に行けば、母も、父も、姉も皆スマートなのだ。介護スタッフ、大企業の研究者、進学校の美女。私は家にも社会にも、どちらにも属せないでいる。

「本当はサックス奏者になりたかった」

母の夢だったそうだ。大学卒業後にアメリカに留学して、もっとジャズの勉強をする。

でも大きな転機が来た。音大生時代にバイトで演奏していた六本木のジャズバーに、父と、父の上司が現れて知り合った。時代があまりに浮かれすぎていて、やかましい音楽が多くて頭が痛い。でもここに来たら落ち着いた音楽が聴けるから嬉しいと父が言い、『アイ・ガット・リズム』などの明るいナンバーから『レフト・アローン』などの渋いナンバーまでリクエストして、母がサックスを吹いた。交際するうちに、萌奈を妊娠した。当時二十歳の音大生だった母の相手は、五歳年上の理系の研究者。今でこそ授かり婚は肯定的に認知されることもあるが、当時は違った。母の両親の前で父が頭を下げると火のような言葉が飛んできた。大学を中退した母は、父のアパートに転がり込み萌奈を出産。産まれてしまえばとたんに孫をかわいがる両親に辟易しつつも、結婚することを許された母は、東京の実家から、父の故郷である小田原市に正式に転居して結婚した。あの家が建ったのはその数年あとで、そのときに私も産まれた。サックスと引き換えに、子育てを選んだというこの話を、母は嘆きとも自慢ともつかない表情で萌奈に話すことがあった。

苦労したし、台無しになったのよ。あんたのせいで。

萌奈にはできるわけないいじゃない。

母が萌奈に投げる言葉は、冬の丹沢湖のようにしんしんと冷たかった。

ふと、サックスを首から下げている女子高生の萌奈が頭に浮かんだ。萌奈はこの家の「長女」ではなくて、「母の身代わり」を演じていたのだ。母から、もっとサックスを吹きたかったと言われれば吹奏楽部に入ってサックスを首から下げて練習をしたし、大学をちゃんと卒業したかったと言われれば優秀な成績で大学を卒業した。そして若いうちに働きたかったと言われれば、堅実な地元の銀行に就職した。だからこそ、母は悔しまぎれに萌奈を貶め続けた。あんたにできるわけない。遠くに行けるわけない。その言葉の通りに、萌奈は大学を卒業してからも、きっちりと実家から通っていた。萌奈はたぶん、母の苦言やわがままをよく聞く、本当にけなげで優秀な人だったかもしれない。だからこそ、母は操ろうとしているのだ。そして、私は何をやっても不器用で凡庸な人間だということを、母も萌奈も見抜いていた。あの二人は私のことを完全に見放していた。

最低でしたね。

私は独りごちた。母と萌奈にとって、私は本当に役立たずだったんだ。心底ダメな娘であり、妹だった。勉強はできない。誰も期待していないような冴えない行動ばかりする、どんくさい、がんばらない、高校を出たら勝手に家を出て、勝手に病気になって、家にはよりつかない。萌奈は、この私の自由度の高さと、母に縛られてばかりの人生を比べて、私のことを死んでほしいくらいに、忌々しく思っているのだろう。私はこんなにがんばってお母さんの望みを叶えているというのに、あんたのそのザマはなんだ。協力しろよ、こっちは必死なんだよ空気読めよ。できないなら死ねよ。

　ああそうか、お母さんもお姉ちゃんも、私のこと死んでほしいと思ってるんでしょ、やっと分かった。というか、とっくの昔に気が付いていた。誰も私のことなんて好きじゃない。だから死のうとしたのか、ご飯を退けることによって。私は自分の正体に触れた。ぞっとするほど冷たくて、輪郭を包んでいる皮膚の下には、深くて暗い地層のような疲れが溜まっていた。もう十年近くも前に、私のなかの言葉たちを盗んだのは、あの人たちだったのか。貶めて、盗んで、はぎ取って、私を出ていかざるを得ない状況にまで絶望を張り巡らせたのだ。そして救済せずに東京に放り投げたのだ。家賃や授業料を払うことによって、私を二度と戻ってこられないようにしたのだ。

　信じられない、許せない。刃物のようにぎらぎらとした光が躍る。次の瞬間に、もっと激しい感情が湧いた。その計画に甘んじていたのは、他でもない自分だったのだ。私は被害者なんかじゃない、自分自身に加害し、死ぬほどの力で殴られたふりをして、被害者ぶっているだけだったのだ。つぎはぎの過去は一枚の大きな絨毯になった。できあがった模様を見上げて愕然とした。犠牲者は私ではない。私に関わってきた人びとが、私の犠牲者だったのだ。私の低能ぶりや不器用さの犠牲になったのは、萌奈であり母だったのだ。限界なんだ、もう誰もかもが。

どっと耳のなかに雑音が入りこんできた。スリッパを引きずる音、トイレで水が流れる音、掃除用具を台車に乗せて動かす音。またナースステーションのなかが動き出した。

「朝食の準備が整いましたので食堂にお越しください」

体をすべて預けていた大きなソファの上で、私は体を起こした。何年も入っていなかった腰骨の深い場所に大きく力が入るのが分かった。天啓でも受けたかのように背を反らした。

ごはん

初めて言葉を教えてもらった幼児のように、米粒を一粒ずつ拾い上げるかのように、私は声を出した。忘れていたのだ。もしくは、まったく食事というものを知らなかった。

患者たちがぞろぞろと食堂に集まり、そして自然にまた出ていく数十分のあいだ、真っ赤な感情がふつふつと湧いていた。きっと、振り向いてはもらえない。もう少しで崖から転がり落ちるというところに自らを置き、助けてほしいと叫んでいた。でも、結局、母は助けに来てはくれない。何をどうやっても無駄だったのだ。というか、なんか恥ずかしい。壮大な勘違いをしていたのかもしれない。

起き上がって、ナースステーションに向かって声をかける。

「あの……今までずっと食事をしないって言ってきちゃったんですけど……食べてもいいですか」

ナースステーションの向こうで、若い看護師さんは眉を下げて笑った。

「え？　本当？」

まるで降っていた雨が止んだかどうかを誰かに聞いて、止んだよと言われたときに答える返事のように、からっとした言い方だった。

「いいですよ、斎藤さんが食べなかったとしても、いつも用意があるんです」

私は詫びた。看護師さんと、今まで葬り去られていただろう、手をつけられることのなかった食事にたいして、私は詫びた。やっぱり、恥ずかしかった。


私の食事はそれ以降、しばらくはお粥だった。長く食事を摂ってこなかったので、野菜や肉類は胃腸への負担が大きいという配慮だと思った。小さな茶碗に盛られたお粥が部屋に運ばれてきたとき、小さな拒絶と、大きな期待が生まれた。これを食べれば、私は水たまりのようなものを超えて、次に行けるかもしれない。湯気を吸いこんだ。お米の熱せられた、甘い匂いが病室を漂った。

朝を取り戻し、夜を取り戻していった。

「久しぶりに食べたお米が甘くておいしかった」

私は水上医師に報告した。コンタクトレンズをしていないのか、珍しく黒縁の眼鏡をかけている水上医師は、眼鏡の奥で目じりを潰すように笑った。

徐々に味噌汁、野菜を柔らかく茹でたもの、漬けものへと、私の内臓は受け入れる幅を広げる。消化や分解や蠕動《せんどう》を、どの臓器もみな待っていたのだ。

私はいささか、慄然《りつぜん》とした。頼らずに、助けを呼ばずに、生き直すということができるのだろうか。自分でも無防備のうちに、人生の淵に立ってしまったのだ。そこからまた再生する……。

海峡を渡ったり、蘇生したりを繰り返した、十代半ばのことを思いだした。そうだ、再生できるのかもしれない。そのためには食べて、眠らなくてはいけない。私は地続きになった事柄を確認して回った。生きる、そのために食べる。食べる、そしたら眠る。また朝を迎え、歩く。何十億回も地球と人間たちが繰り返してきたことを、自分もただ繰り返すのだ。いつもバカなのは自分だ。食べられるものが増えるごとに、十年近くまえに手放さざるをえなかった言葉たちが、蝶々のように体の周囲に舞ってきた。また産まれる。同時に不思議な兆しを感じた。

許したい。

どのことについて誰を許したいのか、よく分からないけれど、私はもう全部から降りてしまって、全部を許してしまえばいいのではないかという気がしたのである。病院最後のご飯を口に運び、甘藍《きゃべつ》の味噌汁を啜《すす》る。体内に取りこまれていくお米一粒一粒にも、かつては意味付けをして、私は拒絶していたけれど、もう許してしまえばいいではないか。味噌汁の塩っ気も、大豆の発酵も、ざくざくに切られた甘藍の脈のことも、もう全部許してしまえばいいではないか。この世界には、私が許そうが許すまいが、厳然とした事実というものがあって、そこには大きな秩序が何十億年も同じ姿で回転している。その秩序に寄り添って生きていったら、そのうち自分の存在さえ自分で堂々と消すことができるほどに、強くなれるかもしれない。

変わらない事実を見たい。

痩せれば母が心配してくれる。スレンダーな二人の仲間に入れるという子どもじみた発想は愚かで、土の塊のようにぼろぼろと崩れた。心配なんてしてくれない。痩せれば振り向いてくれるなんてことはないというのは、甘藍が緑色の葉に白い葉脈を走らせるのと同じくらいに不変の事実なのだった。

ナースステーションのなかであいさつをした。来たときとまったく同じボストンバッグを抱える。

水上医師を探した。一言、お礼を……しかし、もうほかの患者の担当になっているのか、ナースステーションにはいなかった。

池ノ上駅で降りると、二回目の上京をした気分になった。蝉が啼き始めている。アパートに着いて乾いた音をたてるドアを開けると、空気はひやりとしていた。六畳一間に狭いキッチンで、五年以上暮らしている。荷物をおろし、整理したあとに、報告すべき人に電話をかける。生命保険会社、プラネット、あとは家族。

家族には、まず入院していること自体を言っていなかった。一か月以上連絡をしないということはよくあることだったし、成人であるうえに任意入院である私は、両親の同意のようなものも必要なかったのだ。

でも一応と思い、携帯電話の画面を操作した。

「はい」

「お母さん？」

「あれ、絵梨？」

「うん……」

「どうしたのよ」

久しぶりさを噛みしめるようなそぶりもなく、用件を早く言ってほしいようだ。

私は時系列で正確に話し始めた。今勤務している会社は決して悪くないのだけれど、忙しくてあまりものを食べていなかったら痩せてめまいがするようになった。病院に行ったら一か月入院することになり、休養することになった。

「入院っていつからなの？」

「え、もう退院してきたんだけど」

「ええ？　なんで先に言わないの」

「なんか急で。入院が決まってから二日後に入院しちゃって。入院中は携帯電話は病棟では使えなかったし」

「そうだったの……」

母は言葉を一旦切った。

「それで？」

「そ、それでって」

「絵梨が入院しているあいだ、部屋の家賃とか入院費はどうしたの。あと仕事は」

「そのくらいは自分で払えたよ、働いてるんだし、生命保険だってあるんだから。仕事は休職扱いになってる」

「ふうん、それならよかったね。保険はいざというときの備えだし」

私の体と同じだ。母との会話は骨と皮しかない。病気のことより、お金のことを先行させてきた。このやりとりから脱出しないと、私はまた食べられなくなる。痩せたことを会社のせいにして、本当は母に話を聞いてほしいという自分自身に嘘をつきながら保つような関係性が一番だ。それ以上の期待をしてはならない。そうそう、もう大丈夫だからと二、三の言葉を交わして電話を切る。こんな実のない会話なら、やはり電話などしなければよかった。入院していったんは収まった気持ちがまた忍びよる。食べたくない。私は焦燥した。しまった、やはり今、母と会話するなんて時期尚早だった。心配してほしい、びっくりしてほしいなどと一ミリでも思った自分に対して恥ずかしさと敗北感を覚える。潜んでいる甘えに虫酸が走り、その甘えは点滴だの薬だのを投入したところで断ち切れるものではないのだというこことに直面した。ああ、食べたくない。

ベッドに寝転んであおむけになる。窓の向こうでバイクが轟音を立てて通りすぎ、また静かになる。

家に帰っていいと許されるようなときを一度も感じなかった。堰を切ったように淋しさは溢れた。でもそれをどう伝えればいいのか、私は手段を失っていた。淋しいということをどうやって人に伝えたらいいのかが分からない。気持ちを洗い流すように、プラネットに電話をする。

「斎藤さん、しばらく休んでれば」

「はあ」

「入院というのは、すごく悪い状態を乗り切るためだったでしょ。退院してとりあえずよかったと思うけれど、まだすぐに出てくるのは大変じゃないかなあ。このまま休職という形にして、傷病手当の手続きもするから」

たぶんプラネットではもう私の処遇について話し合われていたのだろう。私だけが、知らなかった。休職したら復帰もしにくい。いや、復帰しにくいというのは、入院するまえからすでに始まっていた積乱雲、あのことだ。もう止められない。

「分かりました」

私は震え、でも平静を装い、電話を切った。

かぶしきがいしゃぷらねっと。再びベッドに寝転がり、電話を放り投げて笑った。プラネットとはなかなか面白い。惑星だ。私は惑星のようだ。宇宙にぽつねんと浮かぶ惑星だ。壁を隔てた隣の住民までは、何光年あるのか分からない。誰も私のことを知らない。電話で話した母とも、隔たりは天文学的数字ほどもあると思う。父、萌奈、高田さん、上司。知っている顔がいくつも去来していくが、皆ほど遠い星の人で、誰も私を見つけない。ふと起き上がり、また携帯電話を操作して、登録していたSNSを開いた。何か月ぶりか覚えていないが、同世代の活躍ぶりをこのタイミングで覗いてやろうという、自虐というか、悪趣味というか、自分を追い詰めてやろうという気持ちが、とにかく炸裂したのである。

出てくる、出てくる。中学時代の友達はどんどん結婚していく。「BABY♡」と産まれた赤ちゃんの眠る顔、ウェディングドレスに披露宴、ゴルフデビューしましたという社会人になってからの新しい趣味、モデルルーム見学に行きましたという報告。ベンチャー企業を創設しましたという冒険者もいる。まぶしくなる。

痩せすぎて入院しました。ついでに自分の腕や脚を自撮りして。どう、投稿する？　一瞬のうちに鼻で笑う。するわけない。空気の読めない発言をしたら、「わざわざ言わなくても」「心配してほしいんだね、かわいそう」という同調圧力特有の冷たさに容赦なく断罪されるだろう。誰も「いいね！」を押してくれないなど、ゆるやかな、でもしたたかな社会的制裁を受けるだろう。痛い女だと思われて終わりだ。画面を閉じて、SNSからも自分を断ち切り、本当の断絶をしばし噛みしめる。

夏の夕方は長くて、心地よい風を部屋に届けてくれることがせめてもの救いだ。枯れ木にも山のにぎわいだなどと自棄《やけ》になって窓を全開にする。排気ガスを孕《はら》んだ、じめっとした風が入りこんできて、ベッドであおむけになっている私のすぐ上を吹く。

うっかりしていると、今日も何も食べずに過ごしてしまいそうだった。今の私にとって、真実は少なくとも食べることと繋がっている。食べなくては生きていけないということは、即物的な、いつわりのない事実だ。食べることを一瞬でも考えただけで私はうなだれる。でもやっぱり。

食べよう。

起き上がってコンビニに行くことにした。向かいのパン屋はもう閉まっている。とりあえずわかめのおにぎりを一つだけ買って帰宅する。たった一つのおにぎりでも、なんとかレジに差し出してお金を出して買えた。ずっと長いこと、これさえできなかった。これまで、ことごとく現実を生きてこなかったということだ。半分だけ食べて、部屋の電気を消した。

翌日、私はスーパーに出かけた、強いエアコンの冷気で肌がぎゅっと縮む。懐かしさと、暑さのなかを歩いて火照《ほて》った体への心地よさを感じる。果物売り場の次に、野菜売り場。たとえば、と、私は胡瓜《きゅうり》を一袋、手に取る。同じ野菜でも、産地も値段も違う。今は三本で百円、でもすこし時期が過ぎると高くなる。甘藍《きゃべつ》の変動はもっと大きいような気がする。肉や魚だって価格が一定ではないし、季節によって並ぶものは違う。旬のものが何で、いつ、というのもよく分からない。自分が口に入れているものさえ、他人に任せきりだったことに驚いた。

ところで、こういうのって自分で作れないのかな。

自然にこの疑問に辿り着く。野菜を数種に、かまあげしらす、牛乳に、コーンフレークを買う。スーパーを出たあと、私は帰宅して、そしてまたすぐに家を出て、近くの公園に行った。砂地だけれど、植えられている何かの樹木の下は土だったのですこし掘り返してビニール袋に入れる。

木が育っているくらいだから、きっと野菜も育つよね。

駅前の花屋で野菜の種ありませんかと訊く。

「うーんあるにはあるけど、今あるのは二十日《はつか》大根くらい。蔓茘枝《ゴーヤー》なんかはもうとっくの昔に蒔き時が過ぎちゃってますよ」

「いえ二十日大根で十分です」

二十日というくらいだからそのくらいでできるということだろう。それなら比較的かんたんなのではないかという勝手な解釈をして家に帰る。春雨スープを食べたあとのカップが残っていた。植木鉢をイメージしながら底に穴を開けて、土を入れる。

深すぎたり、ぎゅうぎゅうに土をかけたりすると発芽しないって、たしか小学校のときに教わったような気がする。

そこで中指の第一関節くらいの深さにくぼみをつけ、そのなかに種を一粒入れる。その穴を四つほど作って、ふんわりと土をかける。

こんなんでできるのかなあ。大根というくらいだから、寒いときに作るものではなかったのか。ベランダで育てようと思ったけれど、暑さを心配して、やめた。家のなかの窓際で育てるほうがいいかもしれない。何しろこのアパートは夏もひんやりしていて、冬は極寒だ。人間にとっては悪条件でも大根にとっては分からない。このアパートとともに、五年ほど、体を冷やし続けた。体がきしんでいたんだ。するとまた少し冷気を感じて、私は両肩を交差した両手で包んだ。

「発芽すればいいんだけどなあ」

動物も植物も育てたことはない。学校の宿題で、朝顔を咲かせたくらいだ。

三日後の朝、私は飛び上がった。小さな双葉が土から顔をだしたのだった。


「お母さん、相談があるんだけど」

「どうしたの」

浅漬けにした二十日大根と白いご飯を食べた朝、家に電話を入れた。

「小田原の、お父さんの伯母さんの家って一戸建てなんだっけ」

「そうね。久野にある一軒家だったよ」

「というと結構山のほうだね」

「まあね、山のほうだからそれなりに広いよ。庭もあるし」

「え！　家庭菜園するようなスペースってあるのかな」

「広さとしてはあるわ、でもいろいろ木が植えられているから、家庭菜園ができるかは……、どうしたの急に。農業？」

「いやそんな大げさなものじゃないけど……自分の食べる野菜を作れたら面白いかなと思ってさ。このアパートじゃどうにも狭くて作れないから、その大伯母さんの家でなら作れそうな気がして」

「ふうん」

　今から三週間前に、時季外れではあったが二十日大根の種蒔きをしたら発芽した。そのときに母から電話があり、独居だった父の伯母が認知症になって特養ホームに入所したというのだ。家が空いたから、誰か入居しないか募っているという。

　まさか自分はと最初は思っていた。のこのこと小田原になんて帰れるものかと思った。あの家族の親戚の動向に影響を受けて、大嫌いだと思っていた田舎に舞い戻るなんてドジ臭すぎる。でもこの葛藤は、いまだにかつての自分から脱皮できない自分が起こしているものだと思った。断ち切ったのなら、これからはちゃんと食べようと覚悟しているのなら、せいせいと進むしかない。会社からもあらゆる人間関係からも宙づりになった自分の対話の相手がもはや二十日大根しかないと自覚すると、気持ちが地殻変動のように動いていった。

二十日大根の浅漬けは簡単だ。酢、塩、砂糖、顆粒出汁を混ぜて液を作り、収穫して洗った二十日大根のお尻に切りこみを入れて、タッパーの液に二十日大根を漬けて、冷蔵庫のなかで一晩置く。一晩でよく味が染みた。料理というのは何層も味に仕掛けがしてあるのだと、浅漬け一つで思い知ったのだ。

「絵梨が家庭菜園をやるなんて、今まで想像だにしなかったわ」

「だから、そんな大げさなものではないんだって」

久野に引っ越すことに決めた。住所や家賃など細かいことを確認して電話を切る。

部屋は錆びついていた。同時に私の体も錆びついていた。痩せた腕も腰も膝も、酸化してみしみしときしんでいるわりに酸欠で、新しい空気を欲した。どんどん片付ける。書籍、CDは何度も家と買い取り店を往復してわずかばかりのお金と交換する。本棚、ベッド、冷蔵庫などは一緒に引っ越す。久野でも愛用するつもりだ。

部屋はがらんどうになる。私の匂いは、何もなくなった部屋に一度は沈殿したけれど、やがて霧のように立ち消えた。

「……三年ちょっとでしたが、お世話になりました」

豪徳寺のオフィスで私は頭を下げていた。

入院から数えて二か月ほども職場を休んだ。二か月のブランクともなると、もうすっかり私は死者だ。生存者が死者を送りだし、新しい関係を構築しつくしたところにうっかりよみがえってしまうと、こういうマヌケでおさまりの悪い存在になるのだということがよく分かる雰囲気だった。マヌケついでに下北沢にある店のロールケーキを課長に差し出す。

「ずいぶん元気になったように見えるなあ」

課長は髭をぞりぞりとさすりながら、はっきりと顔を上げて私に目線を送る。課長とこんなふうに真正面から話したのは初めてだ。もしかして、今になってようやく私は生者として課長に向き合ってもらっているのかもしれない。

「そうでしょうか」

「うん。いや、体はまだもとに戻らないところもあると思うけど、ほら表情がね、だいぶいいと思うよ。入院する数か月まえから、みんな実は心配していたんだ。斎藤さん少しのあいだで急激に痩せちゃったでしょ」

「すみませんでした」

「何よりだよ」

課長はロールケーキの箱を両手で高く持ち上げた。

高田さんにも視線を送る。高田さんはデスクから、両手で顔を包むように頬杖をつき、少し笑いながら頷く。これからどうするのなんていう詮索はもちろんしない。だから高田さんは好きだ。課長が私を呼び留めた。

「あ、そうそう斎藤さん、最後に持ってって」

「これ……」

私が撮った写真が、フリーペーパー『minna』の誌面に載っている。「笑顔がぴかり　とことん遊ぼう！　夏の公園特集」というコピーの下には、木登りする少年の後ろ姿がぼんやり写る、蘆花恒春公園の景色が広がっていた。青空の下で繁茂する樹木や花のそばで、親子たちが戯れている。なんて健康的な写真だろう。あんなに不健康だった私が撮ったとは思えないくらいまぶしくて、青くて、子どもたちが楽しそうだ。

「ありがとうございます」

まるで冥途の土産のようだ。恭《うやうや》しくフリーペーパーを受け取ると、足早にオフィスをあとにして、豪徳寺駅まで走る。ボストンバッグを抱えながらよろめいて電柱の前で立ち止まり、また走る。最後の東京である。見慣れた青い線の入っている銀色の車両に乗りこんだ。行先は、小田原駅。

私は小田原のなかの、市街地に近いところで育った。大伯母さんの家がある久野地区という場所は山間部だ。山のなかに突如として大きな介護施設や公園があったり、土建屋の資材置き場があったりする。


小田原駅で母と合流した。

平日の昼間に母と小田原で会うなんて、どういうことだろう。上京して以降、小田原に帰ることをことごとく避けていたから、母に会うのは何年振りなのかも分からない。それでも、にぎにぎしい駅のなかで母がどこにいるのかはすぐに分かった。履くだけで足が速くなりそうなスニーカー、七分丈の白いジーンズに、青いストライプのブラウス。こざっぱりした服装に包まれた手足は相変わらず長くて、私とは確実に違う種類の痩せ方をしていて、近づくとめまいがしそうだ。

「お母さん」

私が母に近づくと、母は視線を一筆書きのようにすとんと落とし、なんかずいぶん変わったわね、と独り言のようなトーンで言った。

「久しぶりだからそう思うんじゃない」

私はこの独り言に少なからず救われてしまった。この言葉がなかった場合の防波堤まで用意しておいたのだ。

「行こうよ、荷物が重いから」

私は早口でそう言った。駅前の駐車場に向かい、母の車に乗ると、ピアノやサックスの音が流れていた。

「この音楽ってジャズ？」

「そうよ」

「へえ、これは誰の演奏？」

ぎこちない余白を埋めるべく、当たり障りのない会話ばかりを作りだしていた。

「これはジャッキー・マクリーン」

「全然知らないや」

そうね、あまり知られていないかもと母は乾いた笑い声をあげた。詰まる空気を打破するように話しているうちに景色がどんどん山に近づく。

「そういえば荷物はそれだけ？」

「うん。もう久野の家に届くように手配してあるから」

林道を脇に逸れ、里山が現れる。その集落のなかに私の次のすみかは位置していた。

「へえ、ここかあ」

それは、田舎ではよく見るけれど、自分がまさか住むとは一度も思ったことのない形態の住居だった。木造の平屋で、建物の右側に引き戸の玄関。引き戸の横からはぴったりと雨戸の閉まった廊下が始まり、建物の左はしに終わる。廊下は雨戸とガラス張りの窓を空ければ縁側になる。

「古いわねえ、昭和二十年代くらいかなあ」

「建てたのが？」

「うん」

母は、あらかじめ入手していた玄関の鍵を開けた。中に入ると、しめっぽい木造の香りがする。段差の大きい玄関を上がると、大黒柱がある。おそらくは私が両腕を一周させて手がようやく届くかというくらいに太い。

「お母さんありがとう。もう、場所さえ分かればいいの」

「そう、でも絵梨、こんな田舎に来て車の運転ができないと困るよ。今日はたまたま初めてだったからここまであなたを連れてきたけれど」

「実はもう免許とってあるんだよ。専門学校のときに友達と合宿で取ったの。ペーパーだから練習しないとだけどね」

「そうだったの。じゃあいいわね。さっそく車を買わないと……」

母は雨戸をがたがたと開ける。

「そうそう、今日の私の目的は、絵梨とあいさつまわりをすることだった。これだけは今やってしまわないと。田舎だから、いきなり空き家に人が住み始めると、怪しがるものよ」

「うん」

私は母と周辺の家を回った。わたしは前の住民の甥の妻で、この子はわたしの娘です、今日からここに住みますと母が説明すると、だいたいの人は警戒を解いてくれる。

「じゃあね」

あいさつを終えて母は家に帰っていった。

私は強くなったな、と母が帰っていくエンジン音を聞いてそう感じる。今日の母は、私の新生活が円滑に始まるように、機械的に動いただけで終わった。温度の感じる言葉を、私は初めから拒んだのだ。その雰囲気を母は感じたのか、それともまったく私に対して頓着しなかったのか、とにかく一貫してこちら側に干渉してはこなかった。この調子で行こう。これなら、小田原に戻ってきたって、大丈夫だ。

古い民家は田の字型に部屋が割られている。それぞれの部屋は襖で仕切られていて、あとは、土間、台所、お風呂、それだけだが、一人で生活するには広すぎる。もともと農村の共同体としての家族が衣食住を過ごしてきた家なのだ。

車を買うまでは、世田谷区にいたころから使っていた自転車を駆使するしかない。近くにスーパーはなく、商店で最低限の食糧や日用品を確保する。世田谷区にいたころと比較にならない距離をペダルを踏み込む。車を早く買うことが本当に急がれ、中古店に電話して自転車でまた走る。日産のモコを勧められて早々に決める。悩んでいる時間がない。

インターネットの回線を繋ぐ。スマホでもいいが、パソコンの画面に少々、飢える。ノート型のものしかないが、それでもスマホよりも大きな画面で検索してみたいこともある。新聞の配達をお願いする。固定電話は必要ないと判断する。台所の床が傷んで亀裂が入っている箇所がある。布テープをしっかりと貼る。こうやって一人でもくもくと自分の居場所を構築することには慣れている。私が必要としているものはほんの少しなのだ。東京での生活を始めたときと、今とでは何かが大きく違うけれど、違いが大きすぎるため、よく全貌が分からない。

インターネットが開通するとアマゾンで数冊、本を購入した。農業関係の本である。膨大な書籍のなか『現代農業』や『のらのら』といった雑誌に目が留まる。植物図鑑もクリックして購入する。

庭をよく見渡すと、青紫蘇《あおじそ》が自生している。九月になった。近くの竹林がざわめき、九月らしい、大きな風を通していく。図鑑を片手に、家の周りを見て回る。道の土手には曼珠沙華《まんじゅしゃげ》、秋明菊《しゅうめいぎく》、露草などが生えている。もうすぐ金木犀《きんもくせい》が咲きそうだ。今までこういった有機的なうごめきを知らなかったことを恥じる。温度にさえ、鈍感だったのだ。

届いた農業雑誌に目を通す。紫蘇ジュースの作り方が書いてある。クエン酸や三温糖を買ってきて、収穫した紫蘇を鍋に入れて煮出し、濾《こ》して、クエン酸と三温糖を加えてまた煮立たせ、粗熱を取る。常温に下がったら、瓶に詰めて冷蔵庫で保存だ。

「あんまりお金ないから、助かる」

できあがった紫蘇ジュースを水で希釈し、氷を投入して飲んだ。吸い込まれるような酸っぱさと甘さに喉をうならせる。おいしいのだ。

縁側から足を突き出して、新聞やチラシを見る。求人広告に目が留まる。

なにしろ一人暮らしの無職だ。介護やスーパーのレジ。私のなかの検索機能はにわかに高まる。時給と時間などを照らしあわせて考える。郊外のデパート、工場のライン作業、地方都市でもそれなりに多くの求人があって心強い。

『あしがら新報』だ。

無料でこの地域に配信されるミニコミ誌が折りこまれていた。このなかには求人掲載はなさそうだな、と読み飛ばそうとすると、「ヒューマンストーリー」というコーナーに目が留まる。毎週、足柄地域で目立つ活動をしている人をピックアップして取材するというコーナーだ。

「村山慶介さんだって」

私は見出しを読み上げた。

「可能性は無限大の山奥ライフ……」

西丹沢の、無人となっていた北杉集落で森林保全や里山の再生に着手し、自給自足の生活を実践している若者がいる。村山慶介さん、二十六歳。「山は、人の手が加わらないと再生しません。そこで再生に携わってみたくて、町役場でここを紹介してもらってやってきました。自分の目標と、集落の再生、この両方を達成できるかもしれないところにワクワクしますね」。

子どものころから農業が大好き。大工の父親を見て、道具の使い方を真似る。誕生日に野菜の種を買ってもらい、育てたことがきっかけで、野菜を育てる面白さに気が付いた。それ以降は独学で農業を習得した。高校卒業の八年後に一念発起して西丹沢に移住。村山さんの活動を聞いた人たちが西丹沢の集落に登ってくるようになった。

「のんびり話したり、一緒に鍬《くわ》をもって畑作業をやってくれる人もいます」。参加型の山暮らしが今後も続いていけば、北杉集落には活気が戻る。若き山奥の一番星に、期待を寄せる人は多い。

記事と一緒に写真が添えられている。山奥の鬱蒼とした森林の下にかやぶき屋根があって、その玄関に作業着姿の村山さんという人が小さく写っている。この人が山奥の一番星か。

「面白そうな人」

『あしがら新報』だけをよけて冷蔵庫に貼りつける。うんと大きく伸びをして、頭を揺らした。条件のいい求人情報をもう少し待ってみようか。その間に野菜の種を蒔きたい。この時期には何の種を蒔けばいいんだろう。玉葱、白菜、人参、とか。でも、自分で本当に育てられるのだろうか。初心者が育てやすい野菜ってなんだろうか。インターネットで検索して、どの種を買えばいいのか照準を絞る。車でホームセンターまで行って、甘藍《きゃべつ》と人参の種を買う。石灰と鶏糞も一緒に買う。白菜は上級者向けとインターネットでは書いてあるし、玉葱は移植という技術が必要らしく、よく分からない。苗売り場をうろうろしていると、花やハーブの苗もある。ミント、ローズマリー、ラベンダー、セージの苗を買う。料理のスパイスに使えますという、ポップの文字に惹かれた。

幸いにして、納屋には置きっぱなしの鍬を見つけた。古ぼけていて、重々しく錆びついているが、道具があることは恵まれている。

庭のこわばった土を掘り起こしてみる。石灰や鶏糞をまぜ、また耕す。畝《うね》を作り、人参の種を蒔く。ハーブ類は、使い古したプランターに植える。実際に誰かが栽培しているところを見ているわけではない。インターネットや本、種の袋の裏に記載されている情報だけを頼りにしている。散歩しながら近隣の畑をよく観察して、スマホで写真を撮る。

「畑だから盗撮じゃないよね」

参考のために撮っているのだ。悪意ではない。

道端にも目を配る。知らない草花の名前を調べる。

村山慶介さんも、はじめはこんな状況から始めたのだろうか。参加型って書いてあった、じゃあ農業のことになると教えてもらえたりするのかな、手伝いに行ってみたら何か分かるだろうか。でも私の畑のために教えてくれるような時間はきっとないだろう。見せてもらって、それで覚えるとか。

「はい、『あしがら新報』です」

「あのお……」

「はい？」

電話の向こうで女性の声がする。

「先日、『ヒューマンストーリー』のところに掲載されていた村山慶介さんについてなんですが」

「ああ、はい」

「えーと……。私も農業に興味があって、うちで野菜を作っているんですけど、村山さんに聞いてみたいことがあるんですが、村山さんのお宅はどのへんにあるんですか」

「あ、それでは、村山さんに直接聞かれたほうがいいかと思います。こちらでは村山さんの個人情報を教えることはできませんので……。お電話口の方のお名前と連絡先を、村山さんにお伝えすることはできますよ」

「はい、それでは、お願いしてよろしいでしょうか」

『あしがら新報』に、名前と連絡先を伝え、電話を切る。

数日して、知らない番号から電話がかかってくる。とってみると男性の声だ。

「えーと？　すみません。こんにちは。なんか新聞を読んで問い合わせてくれた人だと聞いて電話をしたんですが。村山ですけど」

新聞に載っていた本人が私に電話をかけてきた。

「あ！　ああ、すみません。わざわざありがとうございます！　私、斎藤って言います。小田原に住んでいます」

「うちに見学を希望しているって聞きましたが」

「はい。えと、見学というか……私は今、家庭菜園で野菜を作ろうとしているんですが、あまりに初心者で、分からないことが多すぎて。村山さんの仕事を一緒にさせていただいて、勉強させてもらうことはできますか」

「うーん。あまり説明しているような時間はないんですよ。ただ僕のやっている畑仕事を見ることで、この野菜はこうやって作るみたいなのを自分で学び取っていただくしかないかも」

「そうそう、それでいいんです。お手間はとらせたくないんです」

「そういうことならいいですよ。でもあと一つ。畑以外にも、家を直したり、木を伐採したり、農業じゃない作業もたくさんしています。だから純粋に農業ばかりを勉強できるわけじゃない。それでもいいなら基本的にいつ来てくださってもいいですよ。あ、でもご飯とかは自分で持ってきていただけますか。本当は来てくれた人に振る舞えるくらいの余裕を持ちたいけど、まだまだで」

電話の向こうで村山さんが苦笑した。

「いいんですか……、ありがとうございます。面白そうですね、なるべくお邪魔しないようにします」

「車を持ってますか？　自分で来られるの？」

「はい、一応、軽自動車を持っています」

「それなら大丈夫ですね。でもすごい山道だから気を付けて。住所を言うんで、地図をインターネットかなにかで調べて自分で来てください」

「はい、ぜひそうさせてください」

住所を聞いて、通話終了ボタンを押した。詰まりそうだった息を吐きだした。指先が冷たかった。でも会話はスムーズに転がった。

さっそくインターネットで住所を調べた。本当に山の奥で、等高線のなかにぐるぐるととぐろを巻くような道があり、どん詰まりにあるのが、どうやら村山慶介さんの作業拠点のようだ。道は舗装されていないらしいが、一本道だから迷うことはなさそうだった。西丹沢に向かうのは初めてだ。

早起きしてお弁当を作る。家を出て畑に向かい、人参の間引き菜を取ったついでに草取りもしておく。間引き菜はおひたしにできることが分かったので、今日のお弁当はおひたしを胡麻和えしたものに少しのご飯だ。栄養はこれで十分とはいえないと思うけれど、完璧を目指そうとすると辛いので、食べられるもので十分だ。日産モコを運転する。

麓の町を抜け、山道に入るといよいよ手が緊張で突っ張る。大小の岩が道に当然のように転がっているのに驚いていたら、栗鼠《りす》が木をよじ登っていったり、鹿が慌てて逃げる、そのハート型に白く毛の生えたお尻を見つけたりして、異世界に入ってしまった。修験道のような場所だったらどうしようなどと、ここに来て村山さんに連絡をもらってしまったことを後悔した。私なんて役に立たないのは分かっているけれど、こんな世界で真面目に農業を営んでいる人に対して厚かましい態度をとってしまったらどうしよう。

対向車が来たら窓を開けて叫ぼう。こんな一本道でどうよけたら分からない。私は腹をくくって運転することに決めた。時速二十キロほどで運転をしていたら、ようやく、打ち捨てられたような集落が見えてきた。集落入り口のお堂のような建物は壁がめくれあがり、竹が建物を床から貫通して屋根を突き破っている。杉林は太陽の日を拒んでどこまでも暗くとどまり、空気を停滞させている。ここかな、住所としてはここだ。私はモコをかやぶき屋根のそばを通る道に停車した。

ずいぶん高くまで登ってきた。見渡すと丹沢山塊が雄々しく隆起を見せていて、対岸の山の雑木林は色が変わり始めていて、秋が深まりつつあると分かる。私はあっと息を飲んだ。

山の畝の向こうには相模湾がきらめいていて、よく目を凝らせば伊豆大島までも見渡せたのだ。海だ。

「ええと、こ、この家でいいのかな……」

私は引き込まれるように、家の引き戸をノックした。うちとよく似た間取りの家だ。ただ屋根が違う。かやぶきだ。

「はい」

背中から返事が聞こえた。ぎょっとして振り向くと、畑に一人の男性が立っていた。

「こんにちは、村山です」

「あ、こんにちは、斎藤です。よろしくお願いします」

村山さんは、かやぶき屋根の前に広がる二十メートル四方ほどの畑に肥料を蒔いていた。苦土《くど》石灰。これを畑に均等に蒔いていくんだけど、やりますかと訊かれ、二つ返事で引き受けた。

『あしがら新報』の写真では、村山さんの顔は山奥の景色のなかにほんの少しぽちりと写っているだけで、よく分からなかった。むくむくとした、髭もじゃの人かもしれない。熊のような男を思い浮かべていたら、違った。

オフィスビルのなかで働いているような男性よりはずっと骨と肉は充実しているようだけれど、背はむしろ目線が私の少し上にあるくらい、少し薄い茶色かかった大きな瞳や、くるりとはねるようなクセある髪などは二十代後半というよりはむしろ、少年が成長する途中のどこかで進むことを止めているようなところがあると感じた。そして、それらに反して背骨は老成していた。これほど迷いのない、重力に対して素直に立つ背骨を見たことはなかった。

来てみてよかった。苦土石灰を蒔きながら、一筆書きのような背骨を後ろからじっと見つめたものだ。

「いつからここにいらっしゃるんですか？」

「半年前くらい」

「畑って、ここが全部ですか？」

「まさか。見てよ、これから畑になるはずの場所はこの通りだ」

私は村山さんが指さす場所を見上げた。かやぶき屋根の家の背は傾斜になっていて、まっすぐ聳《そび》えようとしてできなかった杉が何本も、隣の杉に助けを求めようとするようにしなだれかかっている。杉の木のもとには、へし折れて落ちた無数の枝が堆積していて、獣も虫も、ここには用がないといった具合に、近づこうとしない様子が見て分かる。夏のなごりの日差しや、大きな風が通る季節なのに、集落の空気はごわごわと固まって動かず、ひやりとしていた。

「まるで三途の川の向こう側みたいだろ。っても天国じゃなくて地獄のほうだけどね」

「いえそんな……。え、ここを畑にするんですか？」

「うん。それ以外に借りた土地は今のところないからさ」

「ここを？　木がぼうぼうに生えているけど」

こいつ、何も知らないなとばかりに村山さんは口角の隅を持ち上げて、目をきらりとさせた。

「いくらでもできるさ。ここに来て、この荒廃ぶりを見たとき思った。山が俺を呼んでいる！って。そろそろ手をつけようと思っていたんだ」

「へえ……。あの、私も一緒にやってもいいですか……」

「いいけど」

こいつ、大丈夫かなとばかりに、村山さんは眉間にぎゅっと力を入れたが、何か思いついたようにすぐに眉はぱっと離された。

「一つ約束してくれますか、坂の伐採している木よりも下には絶対に立たないでください。死にます。絶対」

「は、はい」

よく刃を研いだチェーンソーで、乾燥した杉林の杉一本一本をばきばきとなぎ倒した。農機具のリース屋さんで小さめのユンボを借りては、土をひっぺ返して文字通り根こそぎにした。私はちらばった大小の枝を束ねたり、そこじゃねえそっちだと大声で言われながら丸太を持ち上げたりした。

訪問したその日から、山奥の仕事は洪水のように溢れ出てくることを知った。どんどん事実を受け止めて、手を動かし続けることが、本来の暮らしの意味だと、私は今まで分からなかった。自分の住む家や食べる物は、自分の手で創ったり、形や味や強さを変えることができるものだということも、知らなかったのだ。

セメント、複合フローリング、漆喰《しっくい》、シンク、波板、笠釘。ああ、角材ももっと必要だ。トラックで山道を降りてはホームセンターの常連となる。

「出費がかさむなあ、大丈夫かな」

「資本金とかあったんですか？　あと補助金とか」

「学生時代のバイトとか、横浜にいたときの野菜の売り上げが元手だよ。補助金はもらわない。だって補助金もらっちゃうと、貧乏じゃなくなるじゃん」

「え？　貧乏がいいの？」

私は顔をしかめた。

「金がないってすっごく面白いよ。工夫しようって思えるじゃん。本当はお金の使い方が分からないだけかもしれないけど」

北杉とホームセンターをつなぐ山道の移動中が、唯一手を休めておしゃべりに気を注げる時間だったので、私は集中した。

村山さんは、没頭する人だ。幼いときに誕生日に蕪《かぶ》の種を買ってもらったことが始まりだった。軒先のプランターに種を蒔いたら失敗した。どうやったらいいか考えた。また蒔いた。大人の手伝いを退けた。

郊外の山に登れば、野鳥の捕まえ方に気持ちが向いた。箱罠を作って捕まえてみる。そうやって手作りのなにかに成功するときは歓喜した。

「俺の実家ってすっげー貧乏だったんだよね。蕪の種は、プレゼントと称して、たぶん食糧調達のためだったと思う」

お母さんは、村山さんが生まれてすぐに産褥熱《さんじょくねつ》で命を落とされた。その後はお父さんと、親戚の間でなんとか子ども時代を過ごした。

「ちゃんとしたアパートが見つかるまで、おばあちゃんちに住んだり、材木屋の二階を間借りしたりして転々とした記憶がある。昭和末期らしい話だろ」

「えーっ、私も昭和末期生まれだけど、そんな話聞いたことない」

「そうか？　昭和末期ならこのくらいあっただろ。っていうか平成だろうが貧困家庭はいつの時代にもあるだろ。父親が大工の見習いで、ただでさえ生活に苦しかったから、母親が死んじゃって本当に大変だったんだろうね」

「……苦労されましたね」

「苦労？　どこが？　これが俺の日常だったから、苦労かどうか分からないな。苦しかったかもしれないけど、苦労とは言わないな。もし、最初は金持ちで、いきなり貧乏に転落したとしたら、俺みたいな人生は苦労の連続だと思うかもしれないけど。俺は初めっから失うものがこれ以上ないんだよね」

「……すみません」

「や、謝らないでくれ」

またすみませんと言ってしまいそうになったのを、喉に押し込めた。

「でも、そういうことをきっかけにして、自分で作物を育てるスキルがついたってすごい」

「まあね。毎日、かなりサバイバルだった。ちゃんと自分で野菜を作らないと、夕飯がないかもしれないという恐ろしさは今でも夢に見る。でもだんだん上手になっていって、高校生のときに、自分で栽培した大根や白菜を〝お歳暮です〟と言って職員室に持ち込んで先生を驚かしたのは武勇伝だぜ。……貧乏だった子ども時代を克服して一攫千金、ベンチャー企業経営で富裕層の仲間入りみたいな話なら分かるけど、俺は貧乏だったのがさらに貧乏になっただけだもん。自発的に貧困を選んでるだけ。なんか、スカッとしない話だろ」

村山さんは笑う。自発的貧困という言葉は初めて聞いた。そしてそれは自分の生活を苦しいものに貶めるという意味ではないということも知った。

「そんなことありません。逆に面白い。貧乏は二度とごめんだとはならないんですね」

「うん。食糧を自分で作りさえすれば、あとは父親のお金で生活できたからね。二人暮らしだったし、男二人で淋しいときもあったにはあったけれど、面白かったよ、休みの日には一緒に釣りをして、帰りに河原の繁縷《はこべ》なんかを取って帰ってきて、家で魚と野草を調理して食べる、みたいな。学校の友達なんかはみんな、金のかかるような話ばっかりしているんだ。ゲームとか塾とか。そういうことができないから、自分の避難場所として、農業があったんだろうね。だんだんのめりこむようになったよ」

軽トラックのクラッチを踏み、ギアを器用に変えながら村山さんの話は続く。

「俺が子どものときなんて、農業は4Kと言われてて、農業やりたいなんていう若者はいなかった。キタナイ、クサイ、キツイ、カネにならない。でも俺はやってみたかった。ほんとに好きなことって、条件とは関係なくやってみたいだろ？　だから高校を卒業してすぐに就農して、横浜の郊外で畑をやったんだけど、俺が二十歳のときに、父親も亡くなったんだ。

元気そうだったけれど、なんだかんだで最後は肝硬変。そっから俺は流浪の民。無理に横浜にいつづける理由もなくなっちゃったし、どうしようかなって」

「そうだったんですか……」

「そんな深刻にリアクションされると話しにくいな」

「え、ごめんなさい」

「だから謝らなくていいから」

そして出会ったのが、今住んでいる西丹沢の集落、北杉だ。

この集落に、私たち以外の住民はいない。もはや集落というよりも廃村である。三十年前に、住民は一斉に町に下ってしまった。大きな台風が集落を直撃したのだ。

壊滅されて以降、ただでさえ風前の灯だった集落はとどめをさされ、人々は打ちひしがれた。乳牛を放牧していた農家の牛小屋は暴風が大穴を開け、備蓄していた牛の餌をぐしゃぐしゃにしていった。副業で皆が栽培していた蜜柑も、木が根こそぎになって倒れ、傷んだ蜜柑が集落中に散らばった。そのまま、集落は打ち捨てられてしまったと役場で説明を受けたという。

「国破れて山河あり、城春にして草木深しを、まさか自分が見ると思わなかった。あれは遠い文学の話としか思ってなかった」

町役場の紹介を受け、初めて北杉に来たときの光景を、村山さんはこう言った。傷んだかやぶき屋根の家がぽつぽつと残り、後期高齢者となった元住民たちが力をふりしぼってときおり北杉に来ては草を刈り、樹木の剪定、家屋の掃除にくるものの、自然には追いつかない。北杉を完全に捨てることができないのは、財産として残る杉林や墓石があるからで、住むことはできなくとも管理はしなくてはいけないという負担をそれぞれが負っている。

追いつかないのは、山奥だけでなく、この町自体がそうだ。町の広報に載る『おくやみ』コーナーと『おたんじょう』コーナーの幅の違い。この町を出ていく人たちに追いつくようには、この町に新たな人はやってこない。いるのは保育所の待機児童よりも圧倒的に特養ホームの入所待ちの人たちで、おもな産業であった牛乳、蜜柑、お茶の生産が廃《すた》れていくと、町そのものが手詰まりになった。突破しなくては。そんな町役場に現れた農夫・村山慶介は、救世主だった。

「だからといってまあ、役場の職員さんってば、すげえ場所を教えてくれたもんだな」

内心はわくわくしたんじゃないのと訊くと、村山さんは指を鳴らした。

「ばれたか。できるだけ不便な場所がいいんですけどって、自分で言っちゃったんだ」

「なんでそんなこと言っちゃったんですか」

「不便っつーか、これから自分で作れるっていう意味で、言ったんだよな」

役場の職員から、農協の支店長、足柄地域の地方誌『あしがら新報』の記者へと、しずくが葉をつたうように噂は流れた。

週に一度、足柄地域で活動する人を取材するコーナーにあなたを載せていいですかとの依頼を受けた村山さんは、大きなかやぶき屋根の家の前でヤッケ姿の写真を撮影される。かつての美しい里山の景色を取り戻し、山の環境問題のために鍬を振り上げる若者の姿は足柄地方に配信された。

『あしがら新報』の見出しと写真が、村山さんを知るきっかけとなったまさにそれである。『あしがら新報』におずおずと電話をかけた私は、数日後に北杉集落に足を踏み入れることとなる。

「私、『あしがら新報』の村山さんを読んだときはびっくりしました。すごいことやってる人がいるんだって」

「……なんだかなあ……。俺はべつにさ、日本の限界集落やら休耕地なんかの社会課題を解決させるためにこんなことを始めたんじゃないんだけどなあ。新聞があんなふうに書いちゃうからさ。取材のとき、俺はもっと〝楽しいと思った〟ってところを強調したはずなんだけど」

「里山の再生に取り組んでいる若者っていう表現をしたほうが、〝楽しいから〟ってところを強調するよりもかっこいいからだったんでしょうかね。それに、里山の再生だって嘘じゃないですし。楽しいことが、そのまま里山の再生とかにつながっているっていうことなんでしょ？」

「まあ、そうだけどさあ」

「じゃあいいじゃないですか」

「俺はほんとは、もっと俗人なんだぜ」

「俗人？　超人じゃなくて？」

「まさか。たとえば、コンビニスイーツをよく食べる」

「へえ、行くんですねコンビニとか」

「行くよ。……いやめったに行かないんだけど。コンビニは数か月に一回くらいかな。あと菓子パンもいいね。『マロン&マロン』のクリームの量がなんとも。あんなの、子どものときに食ったことない」

『マロン&マロン』はその後、北杉へのおみやげになった。

「麓のスーパーで『マロン&マロン』が八十八円でしたよ」

「やるじゃねえか、斎藤さん……いや、『マロン&マロン』買ってきてくれたから、斎藤さんってのはちょっと他人行儀だな。よし絵梨ちゃんでいこうか」

『マロン&マロン』のおかげで、ビジネスライクから一気に家族の距離のようになった。

「はあ……じゃあ私も。でも、村山さんって二歳年上ですよね？　じゃあせめてさん付けはそのままにして、慶介さんにします」
「別になんだっていいけど」

山奥には、中古で買った日産モコで通った。小田原の久野地区から、西丹沢までは車で一時間近くかかる。北杉に行くと、これまで肌や内臓をきつく縛っていたものがほどけていくような気がしたから、往復二時間の運転も厭《いと》わないようになった。大きく畝を重ねて無数の木々をたくわえる丹沢山塊のせりだしにぶつかるように響く、大工仕事の電気ドライバーの音や、畑を耕す耕運機の音を聞いていると、もっと山に挑みたい気持ちがふくらんでいった。

初めのころは、慶介さんのやっている仕事ぶりを真似て、家の家庭菜園も充実させようと躍起になった。そのために電話をしたのだ。自立のためなのであって、他意はないと思っていた。しかし徐々に、慶介さんの畑に自分の作業の痕跡が残されて行くことで、北杉に自分の畑があるという錯覚を持つようになった。あくまで手伝っているだけなのに、あの作業の続きが、自分の家庭菜園よりも気になる。鍬で耕し、苗を植え、草取りを行ってはいたものの、壮大に進んでいく北杉の農業の様子のほうがはるかに私の感心を奪っていく。

毎日のお弁当は、細々と続けている家庭菜園の様子をよく表していた。少しの葉物野菜を茹でたものと、ご飯だけ。楕円形でアルミ製の、私のお弁当の中身を見て、慶介さんはまたかよとちょっとげんなりしたかと思うと、次の瞬間には畑にいきなり飛び込み、食べられる野菜を鎌でざくざくと刈ってコンテナにどっさりと収穫してきた。大根、人参、牛蒡《ごぼう》、法蓮《ほうれん》草。冬の野菜がきれいに手入れされて、しなやかにコンテナに収められていた。

「え？　いいのに。だって慶介さんの畑のものは、出荷したりするんでしょう。私なんかがもらっちゃダメですよ」

「いいんだよ。一緒に働いてる人に給料も何も出せないから、せめて現物支給だ。この野菜を食ってくれ。つーか頼むから食え」

慶介さんから「お給料」をもらうたびに、いやおうなしに食べることと向き合うようになった。大げさなものは作らなくていいが、無駄にしないように作って食べなくてはいけない。これまで無駄にしてきた食べ物のことを思いながら料理した。レパートリーも多くないし、上手いとは言えない料理である。小学生の家庭科で作るような、法蓮草のバター炒めとか、人参と大根を醤油と味醂で煮ただけとか、牛蒡のきんぴらとかだ。それでも、一品でもおかずが増えていれば、お弁当を覗き込んだ慶介さんは、よしとか、まあいいだろうなどと、ぼそぼそと評価する。そのうちに、甘藍《きゃべつ》と豚肉のミルフィーユ蒸しだとか、グリーンピースのポタージュを漏れないようなタッパーに入れて持って行くだとか、韮《にら》と豚挽肉で餃子とか、一歩踏み込んだ手料理になってきた。自分のお弁当の分だけを作っていたつもりだったが、通い始めて半年もすると、毎日、慶介さんのお昼ご飯を持っていくというポジションになってしまった。自分の家庭菜園の野菜は筋張っていたり形が悪かったりして、違いを見せつけられた。でも、北杉に通っている目的が、自分の家庭菜園を充実させるためというものから徐々に変化していくことに、大きな広がりを感じていた。

「毎日、助かる。だんだん料理がうまくなってきたね」

「そうかも。今からしたら、最初に持ってきてたお弁当が恥ずかしいよ」

「胃はもうすっかり治ったの？」

「はい、まあ」

へえと言ったきり、慶介さんはそれ以上は訊いてこなかった。

北杉の景色は見違えた。三途の川の向こう側と揶揄《やゆ》された杉林は根こそぎにされたあとに水平に整地され、半分は、剪定チップや落ち葉堆肥を耕運機で混ぜ込んで土の状態が良い畑になった。もう半分には、伐採した杉の木の皮をかんなで剥《は》いで柱を作り、何本も立てる。屋根にはトタン、壁にはワイヤーメッシュを張り、鶏舎を建てていった。そのわきにあった、何十年も放置されて竹が中で伸び放題になっていたトタンの小屋は、竹や草を刈り、トタンにペンキを塗りなおして農機具や鶏の餌を収納するための小屋に直した。

修治さんに相談して、中古のハウスを安く譲ってくれる農家に話をしてもらい、格安で手に入れた。二坪ばかりの小さなハウスだけれど、野菜の苗を育てるにはやはり必須である。農園に必要なものが、おおよそ揃ってきたところだ。

「この分なら、鶏が二百羽くらいは飼えそうかも」

町の農家からフレコンにいっぱいもらってきた籾殻を鶏舎に蒔きながら、慶介さんが言う。まだ居住者のいない、籾殻でふかふかになった鶏小屋に、平飼いにされ、飛びまわる鶏が集落をにぎわせることを思った。

「楽しみ……」

そう口を開けたら、籾殻の埃でむせる。

開墾、整地や土壌の改良がだいたい落ち着いたころに、畑と山道の際に山茶花《さざんか》や槿《むくげ》、百日紅《さるすべり》など記念樹を植樹した。鶏小屋には雛を百羽ほど入れ、傷んだかやぶき屋根の家は漆喰を塗り直し、フローリングに床を張り替えた。田の字型になっている間取りをぶち抜いて、四分の一は個人の部屋、四分の三は大きめのリビングにした。リビングには真ん中に耐火ボードを置き、薪ストーブを備える。

「こんなに無尽蔵に、湯水のように杉の木があるんだぜ」

伐採した大量の杉の木は、日々、少しずつ崩して使う。チェーンソーでさらに三十センチに玉切りにし、集落のなかでも日当たりのいい場所に積んだ。万里の長城のような薪の壁は、毎日のお風呂の熱や、冬には薪ストーブが飲み込むことで寒村の暮らしを暖かくしてくれる大きな戦力となった。

さらに半年が経った。

その間に、さまざまな老若男女がぽつぽつと登場した。ほとんどは元住民とか、元住民の子孫だった。私のように地方誌を読んで来てみたという人もいたが、野菜の収穫体験はできませんかとか、夏は蛍がきれいでしょうなどという質問に温度の差を感じた。少しずつ、様々な背景の人に触れ、一番親しくなったのが、咲江さんとようくんだ。そして、一番温かかったのは、北杉の元住民の修治さんだ。

「あっこの杉は切ってもいいと思うけんど、あっこから先は、もしかしたらシバサキさんの許可がいるかもしれんから、ちょっと待ってろ、聞いてみてやんよ」

ご近所トラブルなんかとは無縁だと思っていた限界集落にも、元住民たちがいまだ見えない境界線をお互いが感じていて、微妙なちからを引きあって牽制している土地があることも分かった。

「先祖代々だかんなあ、土地はよお」

修治さんは言う。だからこそありがたいけれど、だからこそやっかいでもある。

「あっこの方向に向かって木を切ったら、サタケさんの墓石にかかっちまうからやめろ」

物理的なことを言っているのではなく、心情的なことを修治さんはつねに言っている。慶介さんと私は、曲がった腰に金物屋の屋号が印字された工具袋をまきつけて、草刈り機をわっしと握る修治さんを見かけたら、お茶に誘っては何かを聞きだすように心がけた。どんな言葉のきれっぱしでも、ここで暮らすうえでの足がかりは潜んでいた。

「いやあ、それにしてもあんたたち、ここまでやるとは思ってなかったよ……。あの台風から、やっとここが立ち直ったなあ」

修治さんは広がった畑を見て腰に手を当てた。

「たいしたもんだよ……、ありがてえなあ。すげえよ。あんたが住んでる家はどうにも宙ぶらりんで困ってたんだよ。世話する人もいねえし、だからって壊す人もいねえ。あんたたちのおかげさんだよお」

修治さんは縁側に座ると、急に萎《しぼ》んだように見えた。

「おい、体に気をつけろよ」

萎んだ体のわりに大きな手が、隣でお茶を飲んでいる慶介さんの肩を包んだ。

ここに瀕死の杉林があったことを知っている元住民は、もはや歴史の証言者のように貴重で、少数となっていった。何事もなかったかのように穏やかにならされた畑では、人参、牛蒡、大根、白菜など、冬に向けての野菜の準備が始まっている。野菜の内容は、一年前に初めて「お給料」をもらったときとまた同じようになってきた。

修治さんは畑を見渡して首を傾げた。

「あんたら、農薬使ってんのけ？」

「いいえ、使ってません」

慶介さんは答えた。

「へえ、そうけえ。農薬使わねえと大変だろ。虫に食われんしよ」

「たしかに虫には困りますね。夏も、瓜葉虫《うりはむし》が大量発生して、胡瓜が壊滅させられそうでしたしね。油虫も葉物の裏にびっしりだし」

「そうけえ。今時農薬使わないなんて根性あんよ」

「いやいや、自分のこだわりというか……農薬使わない方がお金はいらないし工夫する面白さもあるしで、やってるんです。でも、ここの土壌は悪くないと思います。涼しいから、平地とずらしていろんな野菜を作れるし」

「おう、土はな、いわゆる関東ロームだからよ。水はけがいいからよ。まあ人の畑のやり方にいろいろ言うのはよくないと分かってんけどよ、無理しないようにやってかねえと、北杉でやってくのは大変だ。とにかく体に気をつけろ。あと台風の前は家の樋《とよ》と、集落の水路をよく見ろ。落ち葉で詰まってたらすぐ取り除けよ。水が家や集落に溜まるとよ、家は傷むし、山全体の水はけが悪くなって、道も壊れるんだよ」

「はい、ありがとうございます」

「とにかく水を下に流せよ。まめに道を直せ」

くるりと背中を向けながら会話を終わりにするのが修治さんだった。

「ありがとうございます」

草刈り機をかついでまた作業に出ていく修治さんを、私たちは見送った。

「みんなが一斉にこの集落を下りたときのことを、修治さんはリアルタイムで知ってるから、体に気を付けろって言うんですね」

「うん、たぶん。経験者の話には無駄がないな」

私たちは畑に戻って収穫を始めた。人参の間引き菜を抜くと、細いけれど深い穴が、土のなかに残る。心のなかのわだかまりが突如引き抜かれたかのようで爽快だ。あおあおとした人参の香りが、小さな穴のなかからも昇ってくる。

何十本も引き抜いてコンテナにどっさりと詰め、かやぶき屋根の玄関横に取り付けられている水道でよく泥を落とす。よく水を切って、百グラムほどを束ねたらテープで巻いて、縛る。町の農産物直売所『やまなみ』で登録したバーコードのシールをテープに貼りつける。

「明日の朝、『やまなみ』に出荷に行ってくるよ。やっとこうやってちゃんと出荷できるようになったな」

「よかったあ。現金もそれなりに大事ですね」

「まだカツカツな生活だけどな。でももう、来年こそは米を作るぞ！　もう一度役場に行って、土地の相談をしてこよう。今度は川沿いに良い条件のがあればいいんだけどなあ。もう米をスーパーで買う生活を卒業したいよ」

「ははは……、こんなになんでも作る人、初めて見た」

「大工の息子だからさ」

「自分で作る面白さって、慶介さんに会って初めて知ったかも。……そういえば、私がここに来てから、もう一年になるんですね」

慶介さんはうんと早く頷いたきり、日差しがまぶしかったのか、帽子を深くかぶった。

「絵梨ちゃんが作ったものも、けっこうたくさんあるんじゃない」

「そうでしょうか」

北杉を見渡してみると、私が一から全部自分で作ったのは郵便ポストと犬小屋だけだ。犬小屋のなかから、お昼寝中の茶色のしっぽが見える。慶介さんの手の動きを見て、見よう見まねで板にのこぎりを差し込んで動かし、釘を打った。木材や道具に対して規律ある動きを見せる慶介さんの背中を見ると、もう一つの背中を見つけることができるような気がした。少し厳格で、でも淋しがりで、人には不器用な、大工さんの背中だ。私は慶介さんを介して、お父さんから犬小屋の作り方を教わったかもしれない。

丹沢山塊のなかの別の集落でブリーダーをやっているおばさんがいると聞いて行ってみたら、きゃんきゃんと子犬たちの声が聞こえるログハウス風の大きな木造家屋のなかから、たっぷりとした、大きな花柄の服を着たどっしりとしたおばさんが出てきて、胸のなかに埋もれそうな薄茶色の子犬を抱いていた。

「この子は売り物にならないんだよ」

「え？　この子が？」

眠そうな目を開いたり閉じたりしておばさんの胸に収まっている子犬を見つめた。もしかして病気や障害があるのかと思ったら、売れない理由は、雑種であることと、あとは顔だという。たしかに少し受け口で、目がちんまりとした子犬だけれど、それだけで？　これはこれでかわいいと思いますけどとブリーダーのおばさんに訊いた。「うん、これだとねえ」とおばさんが言うので、元気ならどんな子でもともらってきた。五月にもらったからメイだな。慶介さんはあまり悩まずに命名した。メイは臆病な女の子だが、臆病ゆえに鹿や猪などの招かざる客に気が付くとよく吠えた。

「ポストと犬小屋」

私は一人で笑った。

「なんだ？」

「いや、たったそれだけだなって。慶介さんはもっともっとできるでしょ？　一人でもいろんなことが」

「そんなことねえよ。三途の川の向こう側が桃源郷になったのも、絵梨ちゃんが『マロン&マロン』買ってきてくれたおかげかもしれないよ。いや、冗談じゃなくて助かったんだ」

こんどは私がつばの広い麦わら帽子で顔を隠した。

かやぶき屋根の家のほか、放置されていた土蔵のなかも埃を一掃して、床をフローリングに改装した。丹沢湖畔にある老舗の旅館に問い合わせて、古い布団を譲ってもらった。どうしても帰るのが夜遅くなってしまうときは土蔵のなかで布団にくるまった。土蔵に収められていて、処分されずに無人の集落の留守番をしつづけた巨大な臼と杵の、しっとりした黴《かび》の匂いと、炒ったような土の匂いに包まれて眠った。

古ぼけた渋柿の木が実を結ぶころ、いつものように、朝六時に小田原の家の布団から起きあがった私は、七時には家を出て、八時ころに北杉についた。空が高く、青かった。

慶介さんもいつものように、鶏小屋のなかにいるひよこに餌をあげていた。鶏の飼料といえば、すでに調合されたものがホームセンターで安く買えるけれど、貧乏を楽しむ慶介さんは、ひよこの餌も手作りする。

週に一度商店街に行き、鮮魚店『魚正』の古びた勝手口をノックして魚のアラを大きなバケツ一杯にいただいてくる。その足で商店街のはずれにある町の小学校に行き、給食室の裏で児童たちが手をつけなかったご飯やパンもいただいてくる。さらにその足で、農協のコイン精米機のなかから糠をいただいてくる。糠はとてつもない威力を持っている。魚のアラと糠をプラ舟のなかでよく混ぜ合わせ、電気あんかを忍ばせた毛布をかけておくと発酵が始まって、生々しかった魚のアラの匂いはどんどん角が取れる。一日に一回よく混ぜ合わせると、日を追うにつれてその匂いは熟していき、最終的にはよく出汁をとった味噌汁と、熟成された糠漬けを混ぜたような匂いになる。これに給食の残り、それからたまごの殻を強くするために粉砕した貝殻や、豆腐工場からいただいてくるオカラなども投入される。さらに畑や食卓から出る野菜くずなどが入れば、ひよこたちはまるで一汁三菜のような食事にありつける。

「おはようございます」

鶏小屋の外側から慶介さんに声をかけると、珍しく慶介さんは巣箱を覗きこんだり、巣箱のなかに手を突っ込んだりしていた。

鶏が生まれてからたまごを産むまでは、半年を要する。どんなに見た目が鶏でも、たまごを産まないうちはひよこと呼ばれる。つやつやした茶色の羽をたくわえ、小さな釦《ボタン》のような黒い目をしたひよこたちの啼き声は、変声期もとっくにすぎて、ぴよぴよから、こけーここここになった。あとは、たまごを産みさえすれば文句なしだった。

「あ、おはよう……」

鶏小屋のなかから慶介さんが振り向く。こちらに向かってきて、鶏小屋の扉を開けて、閉めた。巣箱のなかから握りしめていたものは、たまごだった。

「産まれた。産まれたよ」

慶介さんの、煤が皺に入りこんだ手が、とても大きく見えた。掌《てのひら》のうえでぎゅっと身を固めているのは、赤茶色をした、直径五センチほどのたまごだった。まるで目でもあるかのように、たまご自体の意志を感じた。

「え、これが」

スーパーのワゴンで見る、雪見だいふくのような、殻までふわふわしたような白いたまごとは、大きく違った。

「うん。これがいわゆる初生卵。今日からあいつら、〝にわとり〟だ」

私は慶介さんの手の上で引き締まるたまごに触れた。硬い。分厚い。

「これは絵梨ちゃんにあげるよ、まだ一個なんだ。産まれたの」

茶色いたまごを突き出してくる。

「え！　もったいない。だって慶介さんが育てたんでしょ。食べてくださいよ」

「……じゃ、もう朝ご飯は食ったけど、もう一回食べよう」

欅や紅葉の落葉を見上げながら、お盆に載せた一杯のご飯とお箸、醤油とたまごとともに縁側に座った。慶介さんがお茶碗のふちでたまごを割る。

「割れねえ……」

ふつうと同じ力で割ろうとしたら、たまごは私たちを試すように無言を貫いた。慶介さんが少し力を強めてお茶碗にたまごをぶつけると、これまでかとばかりにたまごはひびを許した。

「わあ」

白身と黄身は堂々と、湯気のたつご飯の上に君臨した。小さい、けれど気高く、ご飯のうえで弾む黄身の色は淡かった。

「これがうちのたまごか……」

たまごの上に、おもむろに醤油をぐるりと回しかけた慶介さんはそれから少し黙って、私にお茶碗とお箸を突き出した。

「え？　食べていいの？」

「いい。食いきれない分を俺が食べるから」

「はあ、じゃあいただきます」

私は少し視線をそらすように、秋の空に向かって茶碗を持ち上げ、たまごとご飯をかきこんだ。張りのある白身が、ぴんぴんしたまま喉を通り抜けて食道に落ちていくのが分かる。

「うん、慶介さんが苦労して集めた、おいしい餌の味がします」

「ほんとかよ」

慶介さんはなぜか余裕のないような笑顔を作った。

「本当ですよ、餌の味って、たまごに移るんですねえ」

「まあ……、それは本当だけど」

「でしょ。おいしい」

慶介さんは黙って、少し神経質そうに、足を小刻みに震わせて腕を組んだ。

「あとはどうぞ、私はおいしい味が分かって大満足でした」

慶介さんは腕をほどいてお茶椀を受け取り、二、三口で平らげた。豪快な食べ方にすがすがしさを感じた。お茶椀とお箸を勢いよくお盆に戻した。

「あ、そういえば今日の収穫って……」

縁側から立ちあがって、畑の様子を見に行こうとした私の背に言葉がぶつかった。

「あの……一緒んなってください」

私と慶介さんのあいだに、蔦《つた》や欅の葉が何枚か舞い降りていった。私はたまごかけご飯が収まっているお腹に、とっさに手を当てた。

「お願いします」

帽子で目を隠している慶介さんのほうを振り向いた。この人となら、たぶん食べられる。

遠くから、咲江さんとようくんの乗った車の、たどたどしいエンジン音が聞こえた。

ほーほけきょ。

「あ、ないた！」

土の中の小石をほじくり返していた悠太が立ちあがった。

「おかあさんほけきょないた」

「啼いたねえ」

「啼いちゃったねえ」

慶介さんはがっかりしたようだった。

「え？　どうしたの？」

「鶯《うぐいす》の声を聞くと春だなあって。いやー今年も忙しい時期になってきたなあとわざわざ思ってしまうからさ」

「なるほど」

私は相槌を打ちながら、畑の大根を引き抜いた。大根は全長五十センチほどの大きな青首だ。慶介さんと農業をやるようになったばかりのときは、大根を勢いよく引き抜くと、二、三歩うしろにのけぞってしまっていた。今は、引き抜くまえに腰をしっかりと落としてやればそうはならないと知っている。

梅はもう時期が過ぎた。山の大地の色を雑草たちが萌黄色に塗り替えていく。よく見たら食べられるものばかりだ。大根を引き抜き、お茶をしたあとに悠太を連れて日当たりの良い土手で雑草を採集する。甘草《かんぞう》、野蒜《のびる》、蓬《よもぎ》、蕗《ふき》の薹《とう》、屈《こごみ》、野草の茎は生まれたてのように柔らかい。もうこれだけで夕飯の内容は決まってしまった。

「ゆうたもやりたーい」

「じゃあこの草のここを取ってよ」

「これですか」

「そうですよ」

蓬を取るようにお願いすると、茎から取ることは難しいらしく、根っこごと引き抜いてしまった。

「いいよそれで。ありがとう」

一本取っただけで悠太は満足したのか飽きたのか、あまり面白くないと判断したのか、玄関前の水道に走って行ってしまった。蛇口をひねって子ども用のバケツに水をため、地面にぶちまけている。

「おはな、さくようにー」

地面に水さえかければ草や花が育つと思っているようだ。それを横目に、できるだけたくさんの野草を採集する。

「おーい、椎茸も取っておいてくれよ」

「あ！　忘れてた、やっておくね！」

畑から慶介さんの声が聞こえた。あわてて家の裏に行ってみると、榾木《ほだぎ》から円盤状のものがにょきにょきといくつも広がりだしていて、椎茸が大きくなっていると分かって私は飛び上がる。一つむしって、裏返してみると少しだけ跳虫《とびむし》がくっついている。これくらいならちょっと払えばすぐに食べられる。まだ小さいものだけを残してざるにたくさん収穫した。

椎茸も、慶介さんの発案で栽培しはじめた。山から橡《くぬぎ》の原木を切りだしておく。ホームセンターで椎茸の菌を買い、ドリルで橡に小さく穴を開けると、菌をそこに金づちで埋め込んでいく。駒うちという作業である。

橡はあらゆるものの救世主だ。秋に葉とどんぐりを落とす木は、山の恵みを周囲につなぐ。葉のたまった大地には虫や小動物も住みつき、それがきっかけで鹿や猪などもやってくる。多様性を認める土は、栄養も保水力も豊富だ。雨が降ると、たっぷりの栄養を携えながら水が落ち、川に向かう。河川周辺の田んぼは、その水を引き込んでお米を作り、海の魚にも山の恵みは届けられる。獣が住み、鳥や虫が安心できるような土を湛える森は人間にも最後には安心を届けるようになっている。橡などの落葉樹は雑木林に群生している。楓《かえで》、小楢《こなら》、水木《みずき》などの落葉樹は葉も幹もほかの種類の木とそれぞれ線を引きあって、似ているようで、似ているものがない。さまざまに違う種類の木が枝や葉を生え交わしていて、それでいて全体の調和は生まれている。違う個性だからといって、不協和音を立てることはない。

春の野山はおいしいものと美しいものに溢れていて、とめどない。人間はそれをひとつひとつ見つけては、美しいものには名づけ、おいしいものには後世に食べ方を授ける。啓蟄《けいちつ》をすぎると、土のなかでは音楽でも流れているのではないかというくらいに、虫たちが踊っている。

野草摘みと椎茸採集が終わり、縁側にずらりと並べてみる。ボウルやざるに入った今日の収穫物を見つめた。悠太が縁側に寄ってきた。

「悠太見てよ、宝の山だね」

「これなんですか」

小さな指が茶色い円盤を指す。

「椎茸だよ」

悠太は持っていた子ども用のバケツのなかの水をかけようとした。

「だめだめ」

「あーん！　おはなさくようにだよっ」

水をかければお花が咲くと思ってやっている親切心を止められてしまって、悠太はぷんぷんと怒りだした。

「あはは、ごめんごめん、じゃああっちにお水かけてよ」

私はできるだけ関係のない、水道近くの土を指さして言ったが、そこはすでに、水をかけつくしたということだったようだ。

「こっちだよおー」

悠太は体をくの字に曲げて顔を突き出し、眉間にぎゅっと力を入れて癇癪《かんしゃく》の準備を始めている。始まってしまった。一度、自分のやりたいことを妨げられると途端に気持ちをひっくり返してしまう。土間のほうではようくんが勢いよく薪を割っていたが、その音をすっぽりと悠太の金切り声が覆う。

私は問答無用で悠太を抱っこすると、家のなかに入り、Eテレをつける。ぱっと画面が色彩を取り戻し、小さな女の子が大きな犬のきぐるみと一緒に歌ったり踊ったりしている。頬に涙の川を作っていた悠太は、はたと表情を緩め、テレビの世界をじっと見つめ始めた。外遊びに昼間のほとんどの時間を使っている悠太にとっては、テレビよりも圧倒的に自然のほうが友達だ。対話の相手はひよこであり、土のなかの虫たちであり、草花であり、月や風である。だからこそ、黒い四角い枠にはめこまれた二次元の刺激が、悠太にはもの珍しい。忙しい夕方に、これは助かると言わざるを得ない。

悠太はぽかんとテレビを見ているが、集中力が続くのは三十分かそこらだ。この三十分が大勝負だ。土間で斧を振り上げたようくんに話しかける。

「ようくん」

ようくんは、うっと力を抜いて振り向いた。ニット帽にアームウォーマーを着け、ダウンジャケットを着こんだようくんが白い息を吐く。

「はい」

「悪いけどその勢いで、お風呂やってくれる」

「ああ、いいっすよ。え、まだ水は溜まっていないんですか」

「うん。そこからお願いしたい」

「分かりました」

「ありがとう」

助かる。ようくんが薪棚にびっしりと割った薪を積み上げているのを見る。

「拝みたくなるね」

私は言った。

「え？　何がですか」

私は薪棚を指さした。

「薪のこと。こんなにきれいにたくさん並べてくれてありがとう」

「はあ」

首をぎゅっと前に突き出しながらぶっきらぼうにようくんは言った。


ようくんが丹念に、風呂の浴槽を磨き上げている。私は鍋でご飯を炊く。味噌汁はかんたんにわかめで済ませる。そして野草を天ぷらにすることにありったけの力を注ぐ。蓬、三つ葉、屈《こごみ》はざくざくと切って小麦粉と水を絡めてかき揚げにする。甘草は酢味噌和えにし、蕗の薹はみじん切りにして味噌、砂糖、味醂で甘く煮詰める。蕗味噌は常備菜となって冷蔵庫で長く保存できるので重宝する。椎茸の出番だ。自家製マヨネーズを椎茸の裏に塗りこんでオーブンで焼くと、椎茸の素焼きにマヨネーズの焦げ目がついたものができあがる。これにぐるりと醤油をかければ、絶品である。慶介さんが家に帰ってくるころには、お風呂の煙突からは勢いよく煙が吐き出され、温かいお風呂も、ご飯もできあがる。

「いただきまーす」

「うわあ、春ばっかりの食卓だな」

慶介さんが箸を持ち上げて迷いだした。

「天ぷらに、ほとんどお金がかかっていないところがすごいでしょ。お金なくてもこんなにおいしいものが食べられるんだねえ」

「お金かかっていないっていうか、むしろプライスレスだね」

慶介さんはマヨネーズがたっぷり塗られた椎茸をお箸で掬《すく》い、一口で飲み込む。

「うんめえー」

悶絶する慶介さんにようくんが笑った。

「すごいっすね」

「うめえよ、だって。ようくん食べたの？」

「はあ、まだこれからです」

ようくんは蕗味噌と天ぷらだけでまずご飯を食べたようだ。二杯目をおかわりする。

「激盛りだね」

私は盛られたご飯にびっくりした。男たちは、一回の食事で一人一合は食べる。去年、収穫したお米に、また私は拝みたくなった。

「慶介さん、今まで何してたの」

「ん？　納屋でじゃが芋を切ってた」

「もしかしてもうそろそろ植えるんすか」

「そうだよ、もう今週中にやっちまおうよ」

「どこに植えるの？」

「山を下りたとこの畑だな」

北杉の畑のほか、山を下りた市街地のなかの休耕地も借りている。

「ジェットコースターが始まっちゃう」

「なんだそれ」

「なんか、ある時期をすぎたら加速度的に忙しくなるのがジェットコースターみたいだから」

うん、と慶介さんは同意した。

「ちくくださーい」

悠太はちくわのことを「ちく」という。蛋白源が少ないなと思って揚げたちくわの磯辺揚げを悠太に渡すと悠太は笛を吹くようにちくわを咥《くわ》えてにこにこ笑う。そうかと思ったら、そのちくわを口から外して叫んだ。

「あ！　おきつさまいた！」

縁側のガラス戸から月が見える。

お月さまが「おきつさま」になる悠太は、月をみつけるのが誰よりも得意だ。この時間にはあのあたりに出るというのをよく掴んでいる。

「ほんとだあ。毎日よく見つけるね」

悠太は月と対話もできる。半分かけた月を見て、おふとんかけてるんだねとつぶやいた。

「もうハウスで苗作りも始めたよ」

慶介さんもおかわりをしながら言う。

「へえ」

三月にはもう夏野菜の準備を始めなくてはならない。ハウスのなかで苗箱を広げ、その中に種を蒔く。発芽した苗をそのまま大切に育て、毛布で覆ったり、ハウスを開けたり閉めたりして移植するまで大切に管理する。それと併行して、冬野菜の残りの収穫も続く。人参、菜花、甘藍《きゃべつ》、大根、牛蒡などを取り切ったころに四月になり、ようやく端境期《はざかいき》が見えてくる。

「慶介さんの頭のなかって新宿駅みたいだよね」

三つ葉のかき揚げをぱりぱりと食べながら私は言った。

「なんだ急に？」

「だって、ただでさえ鶏も畑も田んぼもやってて混乱するでしょう？　そのうえ畑では多品目を栽培しているじゃない。どの野菜が今どうなってるか、次に何をすればいいのかが頭のなかに入っているんでしょ？　なんか、いろんな路線の電車がそれぞれのダイヤに沿って走っている新宿駅みたい。正確だから、すごいよねえ」

「正確じゃねえよ。うっかり忘れることなんてしょっちゅう」

寝る前に、ちゃぶ台の上にノートを広げてあれこれ書き込んでいる慶介さんを思いだした。

「ノートに書きこもうとしても今日なにやったかさえうっかり書き忘れ……しまった」

「どうしたの？」

「ハウスを閉め忘れた。夜は気温が下がるんだった」

がちゃっと立ちあがった慶介さんに、すかさず悠太が声をかける。

「あーんゆうたもいくー」

「すぐ帰ってくるよ。ハウスを閉めるだけなんだもの」

私は悠太の服を摑む。それを振りはらって、悠太は玄関に向かう慶介さんの足にしがみつく。慶介さんはひょいと悠太を抱っこして、玄関の引き戸を開けて闇に溶けていった。


食事のたびに、洗い場はお皿や鍋で溢れる。悠太が慶介さんにお風呂に入れてもらっているあいだ、私はもくもくと水を流して洗い場を一掃する。たくさんの調理器具たちを動員して充実した食事を作ることに拘《こだわ》る。

ここに移住する前まで、ゼリーやコーラだけで生きているときがあった。正体不明の、透明のものしか胃に入れなかった私と、山の野草を摘むところから始め、天ぷらをたくさん揚げて家族と一緒に食べている私とが交錯していく。どちらも偏った食事のしかたであるような気がする。何かのきっかけで、私はまた食べることを閉ざしてしまうかもしれないという疑惑は、まだ晴れたとは思わない。

「弁当、そんだけ？」

まだ結婚する前の、北杉に通ってきているときのお弁当を見て、慶介さんがぎょっとしていたときがある。ほんの小さいお弁当箱に、白いご飯と、栽培した形の悪い葉物野菜を茹でたものだけ。南瓜《かぼちゃ》だけとか、うどんの麺だけというときもあった。

「はい、ちょっと胃が弱いんですよ」

「ガリガリなのは、胃が弱いからなのか」

「そうです」

また嘘をついて、慶介さんが私の食事について疑問を持たないような回答をする。なんかいつも極端だなと慶介さんが言っていた。ご飯と葉物野菜だけであっても、一から作っているという点では、私が子どものときに母が作っていたお弁当よりはずっといいだろうと高をくくっていたのに、他人から見たらおかしなお弁当だったと分かって少し肩を落としたことを覚えている。

母が作っていたお弁当を思い出した。お弁当箱のなかには、レトルトのご飯をチンして柔らかくしたもの、夕飯の残りの、スーパーで買ったポテトサラダ、冷凍食品のおかず。お弁当の形をしていればいいほうで、菓子パンだけとか、五百円がお弁当の代わりだったときのほうが多い。五百円で買ったコンビニ弁当のおつりを延々と積み立てて、何万円かになったとき、母の私に対する無頓着さの代金のように感じた。高い金額になればなるほど、胃が締めあがるような感覚になったことを思い出して、とっさに揚げ物がたくさん入った胃が波打つ。寒いのに、冷や汗のようなものがでてきた。

でも。私は頭を何度か強く振った。お皿を洗い終え、布巾で拭いていく。

悠太は、ちくわの揚げ物を口に咥えてにこにこしていた。少なくとも、ご飯を作ってもらえることは子どもにとって幸福なことだと信じて作っている。無頓着でないということを、食事を通して伝えることに拘っている。でも、どこまで拘ればいいのか分からない。

悠太が産まれたとき、悠太が男の子であったことにひそかに感謝した。男の子ならばたぶん、食事に対しての距離感が女よりもずっと明快だろう。食べるか食べないか、そこでうろうろなんかせずに。

キャーっと叫び声をあげて、びしょ濡れの悠太がお風呂から脱走してきた。待て！　待て！と言いながら慶介さんも飛び出してきて、薪ストーブの周りをぐるぐると笑いながら走っている。

食べさせてあげたい。悠太が食べることで苦しむことがないように。

「慶介さん、今年のお米作りって、私がやってみてもいい？」

「え？」

悠太をなんとか寝かしつけたあとの静かな時間。読みふけっていた新聞をばさっとちゃぶ台のうえに置いて、慶介さんがこちらを見た。

「どういうこと？」

「米作りをやってみてもいいかってことなんだけど……」

「どういうこと？」

まったく同じ質問が繰り返された。

「ええと、あ、悠太においしいお米を食べさせてあげたい」

いきなり嘘っぽい結論を言ってしまった。

「みんなでやったほうが、少なくとも悠太はおいしいお米を食べられるぞ」

「そりゃそうだ」

一気に納得してしまい、黙り込んだ。うまく言えない。

「全部自分一人ってのは無理だと思うよ、すでに俺がもういろいろ準備しちゃってるし」

「いや、あの……」

「それに米作りは壮絶だし時間もかかる。田んぼ作業は危ないことも多い。悠太はどうする。幼稚園はまだ来年からって話だったよな」

「うん、だから……」

「田んぼの春起こしはやったたし、土竜《もぐら》の穴ふさぎもやったたし、草刈りもやったな、俺とようくんが」

「はあ」

打ちのめされてしまった。慶介さんはすでに、今年の田んぼについておそらく、周到に頭のなかで準備をしていたのだろう。そこにきて私が横から「自分でやりたい」などと言いだすので、ずらずらと言葉を並べて頭を仕切りなおそうとしているようだ。

私と食事の、このガタガタとした距離感を、慶介さんに伝えてみたいと思うときもある。分かってほしい、でも分かってもらえるわけない。

「私……慶介さんとここで暮らすようになってから、本当にご飯というものをおいしいと感じるようになって……。それまでは食事っていうとすごく悩んでて、どうやって食べたらいいのかよく分かんなくて」

慶介さんは新聞の上に頬杖をついてぼんやりしだした。

「どうやって食べたらいいか分からないって、不思議な感覚だよなあ。腹減ったから食べるじゃダメなのか。眠いから寝る、みたいな。抗《あらが》えないだろ、よほどのことがないと」

「空腹のときに、自分は食べていいのか悪いのか、まずその判断から始まってしまって。そんで、たいてい、食べちゃダメってなってたかも」

「へえ」

「で、でも今は違うよ。食べ物を作ってくれる人が近くにいて、悠太もいるから、気分に惑わされたくないの。真剣に食べたいし作りたいの。そのためには、自分ももっとお米作りに参加してみたい」

ふーんと言って、慶介さんは座椅子にもたれかかって首をこきこきと鳴らした。

「それはいいんじゃないの、もっと自分でやってみたいってことでしょ」

「そう、それ」

伝えたい部分と少し違ったが終結した。

ぎこちない食事との距離を、母と関連があるなどと慶介さんは微塵も思っていない。急に腹が立ってきた。母親のいないあなたには絶対に分かんないという乱暴な気持ちが蛇のようにとぐろを巻き始める。しかしまったく逆のことを言われた場合、どうだ。母親のいるお前に何が分かるのかと言われたら、私は慶介さんとのあいだにある、くっきりとした溝を確認してしまうだろう。慶介さんは意図的なのか無意識なのか分からないが、お互いの持ち物のあるなしを自覚させるような言動をしない。鈍感で無神経ともいえるが、人に干渉しないとも言える。単純に、他人の行動に興味がないだけなのだとしたらおめでたいが、おそらくそうではない。敢えて人を評価しないことで、自分にある巨大な欠落を直視しないように人格ができあがっているのだ。それはある意味で広大な精神だ。そして私は狭量だ。

母親というのは罪深い。母親がいると狭く孤独になるし、いなかったら広大に欠落する。悠太の顔が浮かんだ。私もおそらく、どちらかを悠太に与えてしまう。すべてが完全に、幸福な存在としてい続けることなど無理だ。母親の実態は、子どもの理想からはかならずかけ離れてしまうものなのだろうか。唇をかみしめた。

「……じゃあ、お米の比重選からやってみてもいい？　さっそく」

ごちゃごちゃとした頭のなかを片付けるように、私は現実を進めた。

「え、いいけど……できるの？　違ってたら容赦なくつっこむぞ。何しろ米だぞ。失敗したら一年間どうなるのかよく考えないと」

慶介さんはシビアに言い放った。食糧を無駄にしないという、子どものころから骨にまで染みた貧乏の底面が見え隠れしている。

「わ……分かりました」

私はすこし縮んだ。これまで夫だと思いこんでいた人間はやはり職人だ、プロだ。ここで恐れをなしてやっぱりやめたとか、やりかけてやっぱりできませんといって泣きつくのを、きっと慶介さんは許しはしないだろう。自らのはたらきで、崖に立ってしまった。

私は深夜の暗闇のなかで、『現代農業』やインターネットの個人ブログなどの記事を読み漁《あさ》った。でも、最終的に一番頼りになったのは、慶介さんの農業ノートだ。キャンパスノートに、ボールペンで殴るように書かれた字の情報が、うちで米作りをするにはもっとも有力なものとなるようだった。ノートの一番最後のページには、一月から十二月に分かれた表が作られていて、何月に何を播種《はしゅ》すればいいのかが一目瞭然となっている。記憶力が悪い、いつもメモしてないと即忘れると舌打ちしながら慶介さんはノートに向かっているが、いくら記憶力が良い人だったとしても、この内容を諳《そら》んじていて、一年のなかの必要な時期にそれを迷いなく取り出して、行動するというのは不可能だ。びっしりと書かれている。播種、追肥、収穫、水蒔き、しかし、この通りに計画が進むことはまずないだろう。この表の進行をぶちこわすのは、空である。雨や風、嵐などで人間の綿密な計画はかんたんに吹っ飛ぶ。このときにこんな天気なんて、気温なんて想定外だと空に言っても、言い訳さえ空には聞いてもらえない。

翌日、去年に収穫した籾を、種籾にするために納屋から袋ごと出してくる。たまごがぷかっと浮かぶくらいの塩分濃度の塩水をボウルに作り、浮いてくるお米は取り除き、沈んだ籾を種籾として使う。その後、メッシュの袋のなかに選別したお米を入れて、お湯の入った桶のなかに入れてふやかす。桶のお湯は毎日替える必要があるので、これはお風呂に置きっぱなしにし、入浴したときについでにやってしまう。一週間ほど続ける。こうしておくことで、種籾は水分を含んで柔らかくなり、発芽寸前にまでなる。苗箱に蒔いて日に当てればすぐに発芽するように下準備をしておくのだ。下準備は、これだけではない。田んぼの土作りをしなくてはならない。無農薬の有機栽培で農業をやるには、土作りがかかせない。

土の性質が酸性かアルカリ性か、あるいは、窒素、リン酸、カリウムがどういう比率で土に含まれるのかを分析する。これは、調べる専用の薬品や道具を一式、慶介さんが買ってある。薬品やビーカー、試験管を並べて調べるには、まず悠太が眠っているときか、誰かに悠太を託す必要がある。どんなときも、思い立てばトラックや耕運機にすぐに乗りこめる慶介さんとようくんが、まずどんなときも悠太を携えている私と比較すると、とても身軽に見えた。

朝ごはんの片づけをしながら、慶介さんとようくんの様子をうかがった。

「ようくんいっしょにあそぼうよ」

どうやって悠太を託そうか考えていたら、悠太のほうからようくんに駆け寄っていった。

「え、今？」

ようくんはのんびりした声で、お皿を片付けながら悠太に訊く。

「慶介さん、今日私、土壌分析したいんだけど。ようくんに悠太を見てもらえないかな」

すかさず私は提案を投げた。

「ようくんは今日なにをやる予定なの？」

慶介さんがようくんに聞く。

「えーととにかくたまご拭いて出荷しようかなと思ってましたけど」

ようくんは毎日せっせとたまごを拭き、パックに詰めて緩衝材の詰まった段ボールに丁寧に入れ、原付に乗って道の駅や直売所に出荷するのが日課だ。

「お、それは俺がやるよ。毎日やってもらっちゃってるから、たまにはやらないと。ようくんは悠太を見てくれないかな」

「あ、はい」

ようくんはプラレールの電車を握りしめている悠太を抱きあげた。いきおいよく抱きあげられた悠太は面白かったのか、もういっかい、ねえもういっかいと何度もせがんでいる。

「ありがとう」

私はお礼を言った。赤ちゃんのときに咲江さんに抱っこをお願いすることはあったが、ようくんにお願いしたことはない。しかし私の予想をはるかに超え、二人の親睦は深かったようだ。

畑の土を採集し、ゴーグルを目にはめ、手袋をし、土に薬品を混ぜる。酸性が強ければお米の苗を育てるのに向いている。私は畑の複数の場所から土を拾い、どこの土を使うのが一番よいのかを決めた。

小石や雑草の根っこが混ざったような土は、あとで雑草の草取りが大変だったり、小石が田植えの邪魔になったりするので、木枠に網を張ったふるいを使って土のなかの余計なものをふるい落とす。一度、慶介さんがまるでバーベキューのように土を鉄板の上で焼いていて驚いた。土を焼けば雑草を根絶やしにできるからということだったが、考えてみればふるいを作ればいいじゃんということになり、翌年からはふるいにかけて土を選別する方針に変えた。

畑の土を掘り、ざらざらとふるいにかけていく。水を含んだ土の重さを手に感じる。まだ寒い季節の余韻を残す土はしっとりと冷たい。それを春の日に当て、ひたすらざらざらとふるっていく。

四角く、浅いトレイのような苗箱を何十枚も用意する。そこへふるった土を平らに敷き詰める。

「おはようございます」

咲江さんの声がした。週に半分は、咲江さんはうちに来てくれる。

「あ、おはようございます」

「いよいよね、あら、悠太くんは？」

「あ、あっちです」

私は土蔵を指さした。開け放された土蔵の窓から悠太が叫ぶ声が聞こえる。

「ようくんのお部屋に入れて嬉しいみたい」

「今日は洋一が遊んでいるのね」

「そうなんです。私と一緒にいるときよりも楽しそう。兄弟みたい」

あはは、精神年齢が同じくらいなのかなあと冗談を言いながら咲江さんは腰を下ろし、二人で苗箱にふやかした種籾を蒔いた。そこにうっすらとまた土をかけていく。

「おはようございます」

慶介さんが家のなかからやってきた。たまごの出荷の準備は整ったようだ。

「あんまりぎゅうぎゅうに土をかぶせないように、ほらここ、こんなんじゃ発芽しねえよ」

「え、すみません……」

ここと、ここと、あれもそうだと指摘されて、言われるままに土のかぶせ方を修正した。

まだないかと、初心者になにか言ってやらないと気が済まない慶介さんは広げられた苗箱をぐるぐると見回している。

「あとはまあ……こんな感じで、いいんじゃないの」

「よかったあ」

私は胸をなでおろす。

できあがった苗箱を、積み木のように隙間なく積み重ねていく。大きな升《ます》の状態を作り上げたら、古い毛布を何枚か使って、升をしっかりと覆っていく。畳紐で升をぐるりと縛り付けて固定し、ホースを引っ張ってきて水の蛇口を勢いよく開けた。たっぷり放水して、毛布に水を含ませる。

「できたあ」

午前中にこの作業ができた。壮快だ。

「咲江さん、慶介さんありがとう」

「いえいえ、みんなでやるもんでしょう」

咲江さんは言った。

「そうだよ、できてよかったね」

慶介さんも帽子をかぶりなおしながら言う。

「うん。お茶しようよ、ようくんたち呼んでくるね」

土蔵に向かってお茶だよーと叫んでも、悠太の笑い声が聞こえるばかりで返事がなかった。木に止まった鳥たちが騒いでいるかのようだ。

「いいんじゃないの、あのままで」

咲江さんがすがすがしそうに言った。


数日後、私たちはプールを造ることにした。玄関前の平地に、タテ三メートル、ヨコ十メートルの、深さ十センチほどの、苗用のプールだ。斜面の多い地形のなかの、貴重な平地である。つるはし、とんぼ、鍬を総動員して土を削り、水平器を使ってどこも深さが均等になるように気を使う。水平器を正確に使いこなせるのは、北杉では慶介さんしかいない。水平器が小さいころから家にあって、家のなかのあらゆる場所に置いて水平を確認したもんだ、などと奇妙な話を持ち出しながら、正確に土地を均《なら》してくれた。木の枠をプールの縁にしっかりと立て、ビニールをプールに敷くといよいよ水を入れる。

「おふろ」

とんぼをひきずって庭中をずるずると走っていた悠太が、プールで揺らめいてる水面を見にかけよった。これはお米のプールだと教える。

恐る恐る、畳紐を緩めて、ずっしりと重くなった毛布を剥ぐ。そっと苗箱を見渡すと、数ミリの、産毛のような、萌黄色のしっかりとした稲が土のなかから顔を覗かせている。

発芽だ。

うわあ、おもしろいなあ。

ふと、私は苗の声を聞いたような気がした。

たのしいなあ。

しばし稲苗を見つめる。

「どう？　発芽したの？」

咲江さんが覗き込んできた。

「あ、はい。びっくりして、しばらく見つめちゃった」

「ほんとだ、発芽してるわねえ、よかった」

「はい」

私は発芽できたことに安心したが、それをこの調子のまま田植えまで育てなくてはならないことに、次の緊張を感じた。水を張ったプールに苗箱を広げていく。深さ十センチのプールの水は簡単に蒸発し、干上がってしまうので、一日に何度も水位を確認し、下がっていたら補水する。

「よくもこんなに手間のかかるものを、人類は産みだしたもんだね」

私はため息を混ぜながらそう言った。

「すごい知恵だよね。こんなものを当然のように、世界中で大量生産しているんだからな。うちは機械もあんまりないし、農薬も使わないから、余計に大変なんだけどね」

「私、自分で苗を選別するところからやってみて、こんなに手間のかかることだって分からなかったよ」

「ははは、なんでもやってみないと分かんないよね」

「お米って、八十八って書くでしょ？」

咲江さんがプールを見つめる。

「でも実際は、八十八の手間どころじゃないわね、きっと」

「ですよね、千くらいの手間がある気がする」

「まったく」

慶介さんも同意した。

食べるということは、大変なことだ。そうこうしている間に、今食べている去年の米は、納屋で湿気を孕んでしまっていないかも気になる。天気が良い日に、ビニールシートをいっぱいに広げて去年のお米を空け、よく干さなくてはいけない。

四月下旬。鯉のぼりを出す。悠太の初節句に合わせて実家から贈られてきた鯉のぼりの一式を土蔵の一階から引っ張り出した。慶介さんと二人で力を合わせてポールを立てる。

「あ！　おさかなだ」

鯉のぼりは、悠太に揚げてもらう。鯉をつけた紐をぐいぐいと一緒にひっぱり、空に五色の吹き流しと三匹の鯉を掲げた。春の花のあふれる集落で、鯉は空に大きくうねる。

「あれがおとうさん、あれがおかあさん……」

指をさして一生懸命に説明する悠太の目に、青空が映った。

「今日は鯉のぼりの下でお茶にするか」

「ようくんはあった？　鯉のぼり」

「いや、うちはマンションだから、一応あったけどベランダから斜めに突き出すみたいなやつしかありませんでした。こんなでかいのなかった」

慶介さんが、去年の初夏に収穫した梅を砂糖に漬けこんでガラス瓶に詰めたものを台所から持ち出してきた。秘蔵のお酒でも持ってきたかのようにへへへと深く笑っている。お湯で割ると、ホット梅ジュースが完成する。大人たちは梅ジュースを飲み、悠太はおせんべいをかじる。

「ちくしょー、咲き乱れやがって」

桃、木瓜、桜、海棠、三葉躑躅《みつばつつじ》、皐月《さつき》。四月にはいってからこれまで、どれほどの花の横を通り過ぎて仕事に追われただろう。あっという間にもう五月の連休になってしまった。五月の連休中は、ハイカーでうちの集落もにぎわう。正確に言うと、うちの集落は丹沢の一角である大野山に通じるハイキングコースになっていて、大野山に向かうハイカーが集落の道をよく利用していくのだ。歩きがてら、

「あれ？　こんなところに人がいるう。もしかして住んでるのかなあ」

「じゃない？　だって鯉のぼりまであるよ」

「えーっ、じゃあ小さい子がいるってことお？　信じらんない。こんなとこで育ったらどこにも遊びに行けなくない？　子どもかわいそー」

などと言いながら、ぼろぼろになっている私たちを写真に収めていく大学生風の男女のグループも出現するほどなのだ。土を掘って蚯蚓《みみず》を採集している悠太と、若者の目が合った。みせものじゃねえよ俺らは、と慶介さんがあからさまに舌うちをして、そのすごみで男女たちを撃退させる。わりいな、大工の息子だから口が乱暴なんだよと、若者の背中にとどめを刺す。

テレビのニュース番組は、帰省ラッシュで混雑している空港まで孫を迎えにきたおじい

ちゃんとか、どこに遊びにいくのかインタビューに答える家族連れの様子などを映していた。

慶介さんは歯がみする。

「絶対、ゴールデンウィークは農民いじめだ」

ばしっとテレビの番組を断罪した慶介さんに、意外にもようくんが答える。

「えー、いいじゃないですか。ゴールデンウィークとかクリスマスとか、どっこも、誰とも予定立てられない人よりは、いっぱい仕事があるほうが」

「なるほど、ようくんは良いこと言うね」

ようくんは、口調はのんびりしているようで、実は頭のなかで人の何倍も哲学を広げることがある。慶介さんはようくんの一言が効いたのか、テレビの前に立ちはだかるのをやめて食卓に着く。

「お！　なんだこりゃ、うまそうだなあ」

「慶介さんが死守した筍《たけのこ》だよ」

お風呂を沸かすついでに、あく抜きした筍をアルミホイルで包んで風呂釜に入れておいた。水分がじゅうじゅうと音を立て、焼き芋のようにほくほくとした筍の丸焼きができあがった。山から山椒の葉を摘みとって、スライスした筍のうえに飾る。

「フェンスで囲ったからなあ」

筍は、収穫するまさにそのときに猪に食べられてしまうことが多いので、今年は竹林をフェンスで囲ったのだ。

「まだまだあるよ、今日は」

私は鰹のカルパッチョをちゃぶ台に運んだ。大蒜《にんにく》を薄切りにして、鰹の上に散らしてある。

「おさかなだー」

ちゃぶ台の前でちょこんと座っていた悠太が手づかみでカルパッチョを食べてしまった。

「おい、悠太待てよ。いただきますが先だ」

いただきますと、四人で声を合わせる。

「そういや、もうお茶摘みをやるって直哉くんたちが言っていたな」

毎年この時期になると隣の集落からお呼びがかかる。お茶摘みに参加して、新茶を分けてもらったりするのだ。

「いつかな」

「来週末だって、みんなで行くか。これも仕事の一つだな」

農業が忙しくなると、他のことにはわき目もふらない慶介さんだが、お茶つみや消防団など、地域と関わるようなことはできるだけ参加する。

隣の集落は、数世帯が健在だ。代々立派なお茶畑を所有していて、一年を通しての台刈りや草取りなどの生き届いた手入れで、集落の景観を保っている。大野山ハイキングコースの名所の一つでもある。

連休の終盤、こどもの日。私は手早く鯉のぼりをしまう羽目になった。

「一日中、雨なんだって」

縁側いっぱいにまっすぐ伸ばされた鯉のぼりのなかを覗き込んだり踏んだりしている悠太に私は言った。

「おさかな、ここでおひるねするの？」

「そうだよ、せっかくこどもの日だから、今日までは揚げておきたかったのにねえ」

まだパジャマ姿の悠太は、鯉のぼりが縁側にあることが嬉しいのか、自分の小さな布団を運んで来て、鯉のぼりに布団をかけたり、自分もそのなかに入って、いっしょにねんねなどと言っている。

「今日は何もできねえな、どんどん雨が強くなってるよ」

雨のせいで仕事が進まないわりには、慶介さんの表情に険しさはない。縁側から外を覗いた。かやぶき屋根から透明のしずくが無数にしたたり、土をやさしく打つ。

「稲苗は平気？」

私は気を揉んだ。

「あんだけしっかり発芽して伸びてれば平気だろ。発芽してないとか、まだ小さかったらダメだったけど」

すべてが間一髪で分からない。ガラガラと玄関が開いて、ヤッケを着たようくんが顔を出した。

「あのう、鶏小屋に水が入りまくってるんですけど、藁を敷いちゃっていいんですか」

「あ、おはよう、うん、今すぐ行くから」

ようくんは黙って鶏のように首を前に一度突き出し、引き戸を閉めた。

「今日はこどもの日だな」

「そうだよ」

「ようくんと悠太のために、今日はファミレスでがっつり食うか」

私は目を見開いた。

朝食を食べ終わって片付けをしているときに、おもむろに、慶介さんはノートパソコンをちゃぶ台に持ってきた。

「ようくん、今日は何か食べたいものはある?」

「え?　今日っすか」

「うん。今日は雨だから仕事が進まない。みんなで出かけて、どっかでご飯食べようかなと思ってさ」

えーと……、とようくんは頭を抱えた。いきなり言われて何と返事をしたらいいのか考えあぐねている。

「遠慮しなくていいの、ほんとは慶介さんが出かけたいんだから」

「ちょっと、そっちもでしょ」

私たちがあははと笑うと、ようくんもすこし遠慮を解いてくれた。どうしようかなあ、何がいいかなあと言っているようくんの隣で、慶介さんは足柄地域の飲食店を検索しはじめた。

「いろいろあるんだなあ、この辺でも……。２５５号線沿いはファミレスも寿司屋もファストフードもあるな」

「おしゃれなカフェは？」

私は口をはさんだ。

「却下。そういうのは女子にはいいが、値段が高いわりに量が少ない。俺らには向かない」

あっそ、と私は一言言って、お皿を拭く。初めから冗談のつもりだ。

「あ、そうだ……」

ようくんは頭を持ち上げた。

「たしか南足柄市の県道に、イタリアンの食い放題があった。小学生のときに、サッカーの少年団で行ったことがあります。まだあるのかなあ」

それを聞いて慶介さんが検索すると、たしかにあった。

「あるよ、ここにするか。ランチ、千五百円でピザとパスタ、ドルチェまで食い放題じゃん。すげえ」

「え、……いいんですか」

ようくんは慶介さんと私の顔を交互に見る。

「当たり前じゃん、本当は慶介さんが一番行きたいんだもん」

ようくんは笑った。百七十センチを超えた男が少し子どもに戻ったように見えた。


半年に一度くらいしか訪れない外食のチャンスに大いに期待しているのは慶介さんだけではない。私と悠太もそうだ。

レストランのドアを開けると、チャイムが自動で鳴った。お待ちくださいと奥から声が聞こえ、じきにウェイトレスに席を案内された。

「大丈夫かなこの格好で」

私は洗いのかかった浅い青のジーンズに、きなり色のカットソーを着ていた。慶介さんは

オレンジ色のパーカーにベージュの五分丈のパンツだ。慶介さんは私の格好を頭から足元まで眺めて、

「レストラン来るのに、そんなに服装に気を使うなって」

と返す。

「そうだけど最低限ってのがあるでしょ。こういうとき、どんな格好すればいいんだっけ」

「絵梨ちゃんって小田原出身の東京在住歴がある人間なんじゃなかったっけ。街なかでの服装くらい分かるんじゃないの」

「そうだけど山奥にいすぎて忘れた」

慶介さんは横浜生まれの横浜育ちだ。人里に降りたときに感じるちょっとした余裕が横浜出身のアドバンテージを感じる。普段は誰よりも未開の地になじんでいるのに、どちらにも溶け込めることに一方的な悔しさを覚える。

「俺なんてそもそも、レストランで食い放題すること自体が生まれて初めてだよ。まったく仕組みが分からない。なに？　このタッチパネル」

テーブルに斜めに立てかけられた、注文をするための液晶画面のタッチパネルを持ち上げていろいろな角度から見ている。

「え？」

「アウェイなのは自覚してここにいる」

余裕ぶっているのは、実は開き直りだったということか。

ようくんは素早い手つきでタッチパネルを操作し、早々に情報を理解して注文をしている。頬杖をつきながら、さすがデジタルネイティブは違うなあと目を見張った。

パスタやピザが、どれも小ぶりなお皿で運ばれてくる。少量をたくさん食べられるということだ。悠太は麺類が大好きなので、目を輝かせて大きな声を出した。

「ください！」

「ふーふーしないと熱いよ」

私は悠太が手を伸ばすのを制しながら言った。悠太は口を両手で覆ってから、笛を吹くように勢いよく息を吹きかけた。

消費文化に浸るのはいい時間だ。悠太以外の三人はみな、もともとはこういう世界で当たり前のように財布からお金を出すことと交換で、さまざまな時間を得てきたのだ。カルボナーラやペスカトーレ、ゴルゴンゾーラにたらこ。

ようくんはピザを注文した。マルゲリータやビスマルクなど、直径十五センチほどのピザがずらずら運ばれる。海老や鶏肉がピザの上に載っている。

「いいねえ、豪遊」

飲みこむように食べる若者に負けまいと、ドルチェをバーから取ってきた慶介さんだが、ようくんの食べっぷりにはさすがに敗北を感じたらしかった。

「レストランで豪遊とはねえ。豪遊というのは、私たちの世代からしたら海外でカジノをやるとか、リゾートホテルで高級料理を食べるとか、そういうことなんじゃないの？」

周りを見渡すと、バスケットボールをかばんの上におおざっぱに乗せた少年たちが大人と一緒ににぎやかにご飯を食べていたり、ママ友サークルのようなグループが赤ちゃんをわきにおしゃべりしながらドルチェをほおばっている。慶介さんは首を振った。

「いいんだ、これが俺たちの豪遊」

私もようくんも、頷いて同意した。

「ごちそうさまです、ありがとうございます」

結局、私たちのテーブルには何十枚ものお皿がやって来ては、下げられていった。最後の〆《しめ》だと慶介さんが言ってからも、二人は何皿かたいらげていた。

「ほんとありがとうございます、慶介さん、絵梨さん」

ようくんはお店のドアの前で両手を合わせてまたごちそうさまと言う。何度も手を合わせるので、道祖神のようになった気分だ。

「やだなようくん、神じゃあるまいし」

それを見て慶介さんも同じことを思ったようだった。私たちは笑いあった。自分たちの子どもとも、兄弟ともつかぬ年齢のようくんだが、三人家族のなかにしっくりと溶け込んでいる。悠太は口の周りを汚したまま、ようくんに抱っこをせがんでいる。

「少しずつをたくさんっていいよね」

「ここは気にいった。また来よう。何か月先になるか分からないけど」

「県道沿いって、いろいろ回転が速いね。ちょっと前までは見なかったファミレスがたくさんできてる」

その代わり、個人経営の本屋や、競争に負けたコンビニの店舗がもぬけの殻になっているところも多い。

「さーて、コンビニよるぞ」

「え、なんで?」

「〆にスイーツ食べる」

「またあ?」

「ほんとに、慶介さんが一番楽しんでるのかも」

ようくんが大笑いした。

「そうよ、そうでしょ」

車に乗りこんで、ふと慶介さんはシートベルトを締める手を止めた。

「そうだ、肉だの魚だのをさんざん食べた後にこんなこと言うのもなんだけど、帰ったら罠をしかけなきゃ」

車内の空気が一気に山奥のものに戻った。

「えー、また来ているの？　猪？」

「違う。今度は鹿。すげえよ、毎日ピーピー啼いてる。もうすぐそこまで畑を荒らしに来ているよ」

犬の散歩中に、丈の高い雑草が先のほうだけむしり取られているのを、私もよく見かけた。人間の草刈りとはあきらかに違う形状を残すので、動物の狡猾さを思った。

うちは猟をやる。とはいえ、慶介さんは罠の免許を持っているだけで、銃は使えない。肉を食べている以上、その動物を殺している人間がいるという事実がある。清潔な白いトレーのなかに整然と並べられ、スーパーでひんやりと陳列された肉たちを見渡してみても、切り取られたものからはなかなか想像しがたいが、日常的に動物を殺すことを仕事にしている人がいることは、厳然とした事実なのだ。慶介さんはくくり罠という方法をとる。獣が罠を踏むと、足首にワイヤーが絡まり、ぎゅっと締まる。慌てた獣が音を立てて動き回るのを聞いて、慶介さんが駆け寄る。狼狽《ろうばい》する獣の頭にバットを振りおとし、気を失っているあいだに手早く槍で心臓を突く。バットと槍、この二つが両方ともあざやかに決まればいいのだが、狼狽して暴れる獣に襲われることもあるし、頭や心臓に命中せず、無駄な苦しみを獣に与えることもある。そうなると、獣は苦しみのなかで命を落とすことになり、その苦しみを慶介さんも請け負うことになる。失敗しちゃった、苦しそうで悪かった、うまくいかなかったとき、慶介さんはうなだれて帰ってくる。夜中に叫んで飛び起きたりする。その声に目が覚めると、慶介さんが肩で息をしている。

どうしたの?

鹿が俺のほうを見てくる。家族がいたのかな。

夜中に起きあがって背中を丸めて話す慶介さんの気持ちを、私が分かることはない。ごつごつとした手が暗闇から私の肩に伸びる。ぎゅうと抱きしめられると、肩も背中も汗が滲んでいる。きっと殺したことのある人間にしか、到達できない世界の気持ちなのだと思う。

うまく仕留められたら、手早く内臓だけを取り出してしまう。内臓には人間の食べられる部位はあまりないので、堆肥小屋に持っていき、おがくずをかけて、鳥などに荒らされないようにビニールシートでしっかり覆う。そのうち分解されて畑の肥料になるのを待つ。中身のなくなった獣を、大きなプラ舟に入れて流水で冷やし続ける。一日の仕事が終わって息つく間もなく、解体にかかる。玄関前に獣をつるし上げ、地面につかないように気を巡らせながら皮を剥ぎ、肉を各部位に分ける。脚や頭も堆肥小屋行きとなる。堆肥小屋のなかにはたくさんの物が埋まっている。野菜くずや動物の骨。それらは時間をかけて土のような状態になり、リン酸や窒素などの、畑に必要な栄養に化けていく。それを使ってまた野菜を作っていく。

「ねえ、次に鹿が獲れたら青椒肉絲《チンジャオロース》を作ってみたいんだよね」

「え？　中華料理？」

「そうだよ、ピーマンと、細切りした肉。その肉に鹿を使うの。あとローストディアもやってみたい。知ってる？　ローストビーフの鹿バージョン。鹿肉の表面に大蒜《にんにく》と胡椒《こしょう》を擦り付けて、オーブンでチン。そのあとは肉にタオルを巻いてしばらく置く」

「それってごちそうですよね」

ようくんが訊いてきた。

「そうだよ。クリスマスとかお正月とか、あとお誕生日とか。ネットでいろいろ調べているんだよ」

「へえ、そうやって料理してくれると助かる。きっと供養にもなるよね」

得た食糧は無駄にしない。丁寧に生きることの基本はけっして大げさなものではないのだ。まな板に残った野菜をできるだけ捨てずにしっかり料理に使う。鍋にこびりついたカレーはパンで拭きとって食べる。ご飯を食べたあとのお茶碗でお茶を飲む。そうすればお茶碗について取れないご飯粒も柔らかくなって浮き、仕上げに食べることができる。

食べ物は、どんなに豊かにあったとしても、めったに手に入らないものとして扱おうと思う。貴重さを自覚していないと、失ったときに人類は乱れる。

朝ご飯はパンと野苺ジャム、茹でたまごと萵苣《レタス》のサラダ。野苺採集は五月の大忙しのなかを縫って摘み取ってくる。悠太を連れて集落の日陰を歩き、ざるに摘んでくるのだが、摘むあいだに半分は悠太に食べられる。

「いよいよだね、緊張するなあ」

トースターでパンを焼きながら、私は少し震える。

「自分がこの先食べるものを自分で作るって、こういう感覚なんだね」

「あはは、そう大げさに言えばね。でも農家はみんなやってるんだ」

悠久の農業の歴史を、私は畏《おそ》れた。こんなに責任のあることを、人類は何千、何万年とつないできた。もし地球上の人類がたった一か月でも仕事をさぼってごろごろしたことがあったら、種は途絶えていただろう。一時も途切れることなく、誰かがつないできた稲作りの一端を、人生で初めて持つのだった。

「俺も初めは本当に緊張したなあ。なにせ主食だ。萵苣《レタス》や茄子を作るのとは違うもんなあ」

私はうなずいた。ようくんが黙って見ているテレビの画面には、明日の天気は晴れと映し出されている。

「明日やるんですよね、晴れマーク出てます」

「ほんとだ、決定だな。まあ、稲は順調に育っているから平気だよ。ここまでで失敗することも多いんだ。発芽しなかったり、発芽が遅かったり。明日はみんないるし、機械だってあるよ」

私は首を縦に振ってパンをほおばる。みんないるという言葉が少し、胸に迫る。甘酸っぱさを感じる。


翌日。早朝に起きるとまず、お米をたくさん炊いておにぎりを作る。たくあんにして真空保存した大根を輪切りにする。たまご焼き、慶介さんが罠で捕まえた鹿肉を揚げ焼きにしたもの、茹でた人参の胡麻和え、去年の秋に梅酢に漬けこんだ生姜《しょうが》を細かく切ったものを、大きな重箱に詰める。

ようくんは中古で買った田植え機を稲苗と一緒にトラックに積む。手早く朝ご飯を済ませ、悠太の着替えや帽子も万全にし、山を下りる。うちが借りている田んぼは一か所だが、その一か所に十枚の田んぼがまとまっている。大人が四人いても、朝はやくから夜遅くまでやってようやく一日で終わるという広さである。でも、一か所をまとまって借りられるだけ、運がよいほうだ。こまごまとした田んぼを何か所も借りている農家は多く、相変わらず地主と小作人の封建制度が残っているような地域も多い。

「おはようございます」

田んぼで待ち合わせた咲江さんにあいさつした。咲江さんはおはようと言いながらまぶしそうな表情をし、ジャージをまくり上げた。すでに裸足になっている。北杉で農作業を始めて、一番元気になったのは誰だろうと考えると、やはり咲江さんかなと思う。泥だらけになって稲を植えるのを、咲江さんは毎年楽しみにしているのだ。

子どものときの、プール開きと少し似ている。大きな水面を前にして、これからここに身を投じるという高揚感。悠太には帽子を被せ、おんぶして畔を歩き、田んぼの周囲を歩いて回る。畔の雑草の匂いまでが青々としている。

取水口をよく見る。畔のどこかに穴が開いてしまっていないか、これまでも確かめてきたことをまた確かめる。穴があると水が思わぬほうに流れ出てしまうのだ。慶介さんとようくんが田植え機と、大量の苗箱を次々にトラックから降ろして、畔に置いていく。剣山の針のようにびっしりと生えた稲苗は、苗箱に絡みつくようにしっかりとした根を張っている。私は苗箱からばりばりと苗の根をはがし、箱と稲を離していく。稲をそのまま田植え機にセットすれば、機械が自動的に動いて苗を植えていく仕組みである。田んぼのいろいろな箇所に稲を置いておけば、田植え機を動かしている途中でも、さっと稲を補充できる。田植え機は、地主から中古のものを安く譲ってもらった。

ようくんが田植え機を稼働させると、かくっ、かくっと音がして、人の指先のような機械の先端が田植えを行っていく。泥のなかをもりもりと歩いていく。ようくんはけっこう目立ちたがり屋で、誰か一人しかできないという作業を進んで引きうける。餅つきのトップバッター、運搬機の運転。たまごの出荷のときも原付で楽しそうに山を下りていく。今日は、歩くだけで勝手に苗を植えてくれる機械を操縦することが面白すぎて、当分誰にも替わってもらう気はないようである。しばらくようくんの姿を観察した慶介さんが、振り向いて私と咲江さんに言った。

「じゃあ俺らは手植えをしよう」

新規就農の若者が借りられる田んぼは、札付きであることが多い。形がいびつだったり、石だらけだったりして一癖も二癖もある。田植え機はまっすぐにしか植えられないので、機械が入りにくい場所の田植えは手で行う。何百本という苗を塊で左手に取り、その塊から三本ほどを右手でむりしとって植える。泥に強く足を取られながらも、しっかりと足を引き抜いて、また一歩泥に足を埋める。丁寧に苗を植えていく。

稲が田んぼに根を下ろし、まるではしゃいでいるかのように風に吹かれている。根はまだ十センチにも満たないが、泥という居場所を獲得したことでぐんぐん成長していく。

「ぽちょーん、ぽちょーん」

小さな手が、ぴんと張った稲苗を植えようとしているが、土のなかにしっかり植えることがまだできず、苗は水に流されていく。

「悠太くん、ほらこうやってしっかり植えるのよ」

後ろから咲江さんが悠太の手を取り、ぎゅうと泥のなかに押し込める。悠太は泥から受けた柔らかい圧力がなんともいえなかったのか、しばらく立ちすくんだあと、小さな両手を広げて私に見せてくる。

「おかあさんよごれちゃったー」

「いいんだよ、今日は服もお顔も汚していい日なの」

悠太はきょとんとして私を見つめている。田植えと同時に、大人も子どもも泥だらけになっていい日だ。悠太はごしごしと汚れた手を服になすりつけた。咲江さんが、ああ……と言いかけたけれど、またすぐに泥のなかに手を突っ込み始めた悠太を見て、まあいいかとつぶやいた。ひとたび田んぼのなかに手を突っ込むと、そこにはさまざまな感覚が私たちを待っている。細かい砂や小石がこつっと指にあたることもあれば、ねっとりとした粘土や藻や植物の根が、指の間に絡まってくることもある。水流によって違う温度。ぬるいところもあれば、ひやりとしていることもある。

「自分で育てたって考えると感慨深いでしょう」

「はい、全く。ここまでできると思わなかった」

「何言ってるの。まだまだこれからなのに」

太陽の光が輝いて、水面を反射し、咲江さんの顔を鋭く下から照らす。

畔でご飯をほおばる。五月の風はすべてを洗うかのように通り過ぎていく。町中の初夏の匂いを集めては田んぼを吹き抜ける。近隣の農家も田植えラッシュだ。泥と稲の匂いは温かく、虫たちの気配をたくさん感じる。

去年の夏に収穫した紫蘇を煮出し、クエン酸と三温糖を加えて紫蘇ジュースの原液を作った。独身のときに身に着けた手法は今でも活躍している。氷水に原液を溶かして紫蘇ジュースにし、ジャグに詰めて持ってきた。慶介さんが何杯も飲んだところで、やばい利尿作用があるんだったと狼狽えたが、そのへんですりゃいいのかと開き直る。

「絵梨ちゃんってマメねえ、こんなにお弁当作るの大変だったでしょう」

「いやあ、みなさんがとにかくたくさん食材を作るから、マメにならざるを得ないですよ。でも、慶介さんと一緒にならなかったら、私ずっと、食糧の大切さって自覚しなかったかもしれないなあ」

「そうね、私もこうやって農家さんのとこに来なかったら分からなかったことがたくさんよ」

咲江さんは、泥だらけの脚を見つめた。

「俺は貧乏な子ども時代がきっと楽しかったんだよね、それってたぶん、お金はないけど食べ物を作る面白さが分かるきっかけがたまたまあったからでさ。今思えば、恵まれてたのかな」

「恵まれてると思うわ」

咲江さんが真剣な顔をした。慶介さんはははっと笑う。

「あーうまい。鹿も、たまごも、おにぎりも。何食ってもうまいわ、さすが農家の嫁」

「それはどうも」

慶介さんは田植えで少し昂《たかぶ》っていて、私の背中をばんばんと叩く。それに焼餅を焼いたのか、すぐさま悠太が慶介さんの手を振り落としにやってきた。

「おとうさんだめっ」

「ごめんごめん、悠太は少し疲れたのかな」

慶介さんが笑う。

「お母さんが大好きなんだねえ」

咲江さんにも笑われて、悠太はまた臍を曲げてしまいそうだ。口元が歪んで、泣くのをこらえている。

「かえるー！　たんぼしないー」

「じゃあ悠太はもう田んぼをやめて、お母さんと一緒にアイスを買ってきてくれよ」

「おかあさんとあいす！」

いっぺんに悠太の眉が上向いた。私は用水路の水流の強さに気を付けながら、自分の手足を洗い、悠太の体も洗った。タオルでよく拭いてスニーカーを履き、悠太と一緒にスーパーに出かける。日用品やお刺身用の魚を買いこみ、おそらく田植えで帰宅が遅くなってしまう咲江さんの夕飯用に、コロッケを買う。最後に悠太に好きなアイスを選ばせる。


スーパーから田んぼに戻ると、すっかり機械の役目は終わっていて、手植えも最後の仕上げになっていた。か弱い苗が、汚れなく、泥水のなかを等間隔にちょこんと立っている。

「だいぶ進んだよ」

慶介さんが腰をかがめながら、田んぼに到着した私に話しかけてきた。

「すごい、ご苦労さま」

「いやいや」

うーんと言いながら慶介さんは腰をそらし、体を左右にひねった。

「ここまでよく来れたよ、ほんと」

稲を育てたことで、私のなかの何かも、うまく育つんだろうか。

稲はたくましい。緩やかに流れる水のなかで、あんなに細いのに、誰を頼ることもなく自立している。人が手伝ってやることなんて、稲の力を引き出すためにあれこれ準備をしてあげるだけで、根本的には稲そのものに力がなければ何にもならないのだ。

私には、そういう力はあるのだろうか。

これから厳しい夏が始まる。どうか何事もなく大きくなってほしい。あとのことは、苗自身の力に託した。私は苗に語りかけたかった。田んぼの水は人がせっせと作業をした形跡を忠実に表し、複雑にうごめいている。これから秋に向かって、草取りや追肥など、またすべてを人の手で作業を進めるのだ。

「あいすだよー！」

悠太が頭から出すような声でみんなを呼ぶ。うちでは、田植えが無事に終わった日にはお刺身を食べると決めている。

今日の夕飯は、お刺身をたくさん食べようと思う。

立葵《たちあおい》は、まっすぐな茎につぼみをつけ、螺旋階段を登るかのように下から上に花を咲かせていく。橙色の凌霄花《のうぜんかずら》がこぼれ落ちそうなほど情熱的に、農家の生垣から花を咲かせる。梅雨がやってきた。合羽はじっとりと皮膚にまとわりつく。

田んぼの草取りだ。草取りはすべて手か、田押《たお》し車で行う。根ざそうとしてる稗《ひえ》や小菜葱《こなぎ》の根を、泥の中に手をつっこんでさぐりあてる。足首に鉛がまとわりついているように、前に進む足首に圧力を感じる。湿度も気温も高いが、長時間の田んぼの作業はほとんど水のなかだ。体の芯が冷えていく。

「似ているわあ」

咲江さんがため息をつく。

「はい。私もさんざん間違えて引き抜いて、夫に怒られてました」

「大丈夫かしら。私も間違えちゃってるかも」

稗と稲は酷似している。稗だと思って引き抜いたら稲だったということがよくある。でもその酷似をよく見分けて今のうちに田んぼから取り除いておかないと、八月以降の草取りが何倍も壮絶になる。

　悠太は、畔や田んぼの、小世界のうごめきを観察している。虫を拾い上げたり、田んぼの泥水に入りこんでお風呂のように浸かっている。田んぼに集まっている小さな虫や貝、それぞれが暮らしを田んぼの中で確保しているのだ。

「悠太くん、もう次からは水着かしらね」

「うわあ」

　咲江さんに言われて腰をぐいとあげると、泥を吸い込んだ服を重そうに引きずり、また畔道に戻って蛙を捕まえようとしている悠太に気が付いた。

「すごい、田んぼさえ遊び場だ」

「子どもってすごいわねえ。でも水路に落ちちゃったりしたら大変、ねえ交代でやらない？　私、悠太くんを見ているわよ。ちょうど休憩にもなるし」

「はい。そのほうがいいみたい。ありがとうございます」

「でも悠太くんはいいね。私、洋一が小さいときにこんなことやらせてあげなかった。汚れるとか、きたないでしょとか、公園の砂場で遊んだくらいでもよく言ってた気がするわ」

　そう言い残して、畔に顎を乗せて蛙と同じ高さの目線になっている悠太に咲江さんは近づいていき、泥団子を丸めて悠太に差し出し、おままごとを始めた。悠太が、さきえさんもどうぞなどと言い、泥団子を渡し合う。

少し前まで、悠太はさきえさんと呼べなかった。そのもう少し前の記憶になると、はいはいとか、ずり這いをしている悠太を、危ないからと後ろで見ている咲江さんの姿が浮かぶ。本当のおばあちゃんよりも、咲江さんは悠太をよく見てくれる。私は再び草取り作業に戻る。稲と稗と泥だけの世界に視界が包まれた。

悠太が産まれたときはすでに、咲江さんとようくんはこの集落に通って二年以上が経っていた。まさかこんな山奥で、こんな赤ちゃんに出会うなんてねえと、咲江さんはよく悠太をしげしげと見つめたり抱っこしたりしていた。でもまだしばらくはご実家に戻っていたらどうなの？　こんな小さな赤ちゃんがいて山暮らしは大変なんじゃないのと咲江さんは悪意なく提案してきた。私は少し口ごもり、自分で育てるほうがいいんだと言うと、咲江さんは宙を見ながらふーんと言った。

「そうね、なんだかんだ干渉されるより、手がなくてもいっそのこと自分でやるほうが気楽っていう発想もあるね」

小田原の産婦人科で出産したあとは、実家に戻った。産後の母体をないがしろにしてはいけないと慶介さんにきつく言われたのだ。産まれたばかりの悠太が携えている強烈な存在感は、大人ばかりの家族を変化させていった。

私は急に、独身の萌奈に対して優越感を抱いた。今までまったく抱いたことのない感情に、頭がくらくらした。自分のほうが萌奈よりも早く結婚して出産したという人生の飛躍は、劣等感にまみれたこれまでの自分を少しだけ変化させた。悠太を抱っこしてリビングでゆらゆらしながら、音量を絞ってテレビを見ている萌奈を見て、ざまあみろと思った。たまに振返って赤ちゃんを覗き込もうとする萌奈を、半歩下がってゆるやかに拒んだ。ねえ、私も抱っこしていい？　などと訊かれたら、さんざんそうされてきたように、イヤだときっぱり拒否してやりたいという復讐心が私にはあるのだということが分かって、気持ちに漣《さざなみ》が立った。みみっちい復讐心など今さら何の役にも立たないのに、それでも萌奈を貶めてやろうという気持ちを操縦できないでいる。

そうだよ、誰も私の赤ちゃんには近づけない。あなたたちが、私を近寄らせなかったように、私だってあなたたちを赤ちゃんには近寄らせないんだから。私は狂ったように悠太を抱っこし続けた。私は赤ちゃんを放置するような親じゃない。どんなときだって抱っこしてあげるし、泣いたってイライラしない。あんたのせいで人生が台無しになっただなんて絶対に言わない。ちゃんと、順当に結婚して出産したのを、あなたたちだって見ていたでしょ？　ちゃんと、夫を連れてきて紹介したでしょう？　悠太がすやすやと眠っていても、私は眠らずに抱っこし続けた。

陣痛から自然に生まれ、体重も増える。赤ちゃんといえばいつも泣いているような印象だったが、悠太はよく眠る子だった。退院するときの血液検査などでも、ことごとく異常なしという太鼓判つきの母子手帳をひっさげて、悠太は私の実家にやってきた。私は悠太の無敵さに拍子抜けし、すやすや眠る小さな顔を見て恍惚とすると同時に、この完全さを徐々に削いでいく存在に、自分がなってしまったという悲しみもやってきて、そしてまた抱っこをした。

そのうちに、私が高熱を出した。三十九度ほどの熱が何日も下がらず、風邪とも乳腺炎とも違う症状に戸惑った。産んだ産院に相談すると、産褥熱かもしれないと言われ、病院に来るように指示された。悠太を抱えて病院に行くと、素早く点滴を打たれてベッドのカーテンをシャッと引かれた。点滴が終わるまで安静にしていてください、そのあいだ赤ちゃんは預かりますと言われて、私と悠太は引き裂かれた。無垢な表情で悠太が看護師の腕に収まり、どこかに行ってしまった。

産褥熱。まさか自分がそう言われると思っていなかった。早すぎる展開についていけず、慶介さんに相談すべきかどうか迷い、でも嘘をついても仕方ないと思い、点滴を打たれていない方の手で携帯電話を操作した。

「だから言ったじゃねえかよ」

慶介さんは本当に怒っている。

「産後は大事なんだよ。休めねえのかよ、そっちで。北杉にいるよりよほど寝てられるじゃんか」

「でもみんな仕事やなにやらでうちにいなくて、結局お世話は自分が全部やってるんだよ」

「だとしても逆にそれは、つきっきりで赤ちゃんに集中できるってことだろ、こっちにいたらご飯や風呂焚きや犬の散歩やらもやんなきゃなんねーだろ。その時間がそっちにはないんだから、その分休んだりできるんじゃねえか」

「……なかなか」

「は？　なんだそれ。休めねえのか。料理作ったり風呂の準備してんのか。家族じゃねえのかよ」

　電話の向こうで鍬かなにかの柄がカランと打ちつけられる音がした。慶介さんにとって産褥熱は無限の闇だ。カミングアウトしたことを後悔し、慶介さんは怒るとこうなるのかなど意味の分からない感動さえ覚え、やはりこの人には私が到底理解できない何かがあると悟り、不穏なまま電話を切る。入籍の報告で慶介さんが実家を訪れて家族を見たときには、優しそうなご家族ですねなどと言い、父も母もまんざらでない顔をしたのを思い出した。ああそうか、慶介さんにとっては優しい家族だった。両親は健在で、優秀な姉。出窓に、クリーム色のカーテンに、白い外壁の家。何の問題もない、天衣無縫の家族なんだった。そんな家族に頼れない私はダメな人間だ。いまだに続くのか、この健康優良で完璧な赤ちゃんをもってしても。いやむしろ赤ちゃんの完璧さが、愚かな私の態度を浮き彫りにしてしまい、慶介さんの地雷を踏んでしまったのだ。

慶介さんの怒りが、はからずも私の体力の限界をぶち抜いた。細い線を描くようにいろいろなことを思い出し、久しぶりの眠気がひらひらとやってきた。数時間眠りこんで目が覚めると、点滴の終わりを告げるブザーが鳴っていた。はいはいと看護師が勢いよくカーテンを開け、悠太が腕のなかに戻ってきた。

このことがきっかけで、私は産後二週間かそこらでそそくさと家を出てきてしまった。週末に帰ってきた父やフルタイムで忙しそうに動き回る母も、悠太を見つめて嬉しそうな表情をしていた。体が回復するのって自分が思っているよりも時間がかかるから、まだいればと珍しく母が提案したが、こっちと違ってうちは父親がいつも家にいてくれるから大丈夫などと言って北杉に戻った。のこのこ戻ってきた私に抱かれた、輝くような悠太を見て慶介さんは目を細める。悠太の輝きに、慶介さんの怒りは負けたようだった。実は誰よりも悠太と暮らしたがっているのは慶介さんだったのだ。咲江さんも悠太を抱っこした。ようくんは遠巻きに見ながら、ふとしたときに悠太ににこっと笑いかけたりした。修治さんはまるでスターのように悠太を扱い、将来はこの集落を背負って立つ人材とばかりに悠太を崇めた。

悠太は、北杉の住民と自然のなかで育ってきた。今では産褥熱に感謝さえしている。

ふと顔を上げ、大量に引き抜いた稗の束を畔に放り投げた。畔に生える、青々とした雑草の根の絡まりを見つめた。春さきから始まった、雑草を引き抜いたり、雑草を刈って鶏の餌にする作業を思い起こした。引き抜いた根っこが、今度は私の左手に絡みつこうとしているのではないかと感じる。雑草も自分の命に執着している。

雑草と向き合うのはときとして辛いが、雑草は財産でもある。

「雑草と嫁は放っておけぬ」

慶介さんがこう言っていた。昔からこういう言葉があるのだそうだ。雑草は、鶏のご飯になったり、よく鋤き込めば畑の肥料になったりする。雑草と嫁のステータスを等しいものと考える慶介さんはもはや雑草ホリックと呼んで間違いはない。田舎の町道や農道のどこに痛取や苧《からむし》が自生しているのか、車の窓からよく確認している。初夏になり、ある程度雑草が茂って道路に侵入してくると、今だとばかりに慶介さんは車を停めて鎌を持って駆け出していく。コンテナに三つか四つ痛取が取れた日はほくほくしている。私たちが気が付かずに、そのまま雑草を伸ばしっぱなしにすると、町から委託された業者が刈りに来て、無慈悲にも焼却処分になる。慶介さんが刈った雑草は、鶏が食べてたまごに変身させてくれるのだ。

「雑草は宝だ。これを利用しない手はない。焼却処分なんて野蛮だぜ。焼けばCo_2。鶏に食べさせればたまご。どっちがいい選択だと思ってんだろうね」

「刈ったり焼却処分したりすることを仕事にしてお金をもらって生活している人もいっぱいいるんだからさ」

「……真面目に考えるなよ」

むしり取られた雑草をゴミとしか思っていなかった私には大きな発見だった。湿り気のある雑草は水分の多い生ゴミに近く、焼却にも時間がかかる。今まで、循環できるものをわざわざ断絶してきたことを振り返った。

「わあ、蚋《ぶよ》だ」

黒い胡麻のような虫が、音もなく足に着地しようとしているのを見つけて振り払う。とっさに悠太と咲江さんを探した。二人は和やかに蟷螂《かまきり》を捕まえて腕の上にに載せたりしていた。あの二人のほうにも、蚋がたかっているかもしれない。しかし気を取られている場合ではない。雑草たちの勢いはすごい。その成長のスピードを常に超えていないと、追いつかれたら夏の終わりの惨劇は免れない。毎日毎日、大きく伸びつくした、背の高い稗を引き抜きにやってこなくてはならない。それだけは阻止したいのだ。

「咲江さん、蚋に気を付けて！」

私はそう叫んでまた泥のなかに視線を落とす。

いよいよ農家にとって一年で一番忙しい、六月がやってきた。

去年の十一月に畑に定植した玉葱を収穫する。里芋や薩摩芋、春先からハウスでこつこつと水やりや布団かけを行って大きく育てた夏野菜の苗も、畑に定植する。

「うおー、あとはじゃが芋の収穫だ！」

「今年はたくさん取れるかなあ」

「どうだろうなあ」

街中に借りた畑に到着した。土の様子だけを見ても、中にどのくらいのじゃが芋が眠っているのか分からない。

「よし、悠太も試し掘りしてみろ」

ようくんが軍手をした大きな手でわしわしと豪快に土をつかんで剥いでいく。中からは薄い黄色の、大小のじゃが芋がまぶしそうに顔を覗かせる。掘り起こした場所すべてがそうだ。

「すげえ、こんなにいっぱい！」

ようくんは叫んだ。宝島のようだ。

「すっごい、おいしそう！」

土の香りを纏ったじゃが芋はみずみずしい。いったい、今までどういう生命力で、春の土のなかで膨らんできたんだろう。私は野菜を収穫するたびに、野菜たちの、計らいのないまっすぐさに驚いている。

力いっぱいに掘りすぎると、じゃが芋を傷つける。無計画に掘ると、掘ったじゃが芋がまた土に隠れてしまう。

「おおい、方向を決めてやるぞ、行くぞー」

慶介さんが号令をかけ、進行方向と皆の息を合わせる。

収穫したじゃが芋はおそらく四百キロはあった。コンテナ一杯に入るのは二十キロがせいぜいで、そのコンテナを二十個ほど軽トラックの荷台に乗せたのだ。山道をドカドカと軽トラックで駆け抜けて集落に戻り、納屋に降ろす。ただ納屋に置くのではなく、真っ暗な場所に安置しなくてはいけない。少しでも日に当たると、じゃが芋はすぐに青くなるのだ。コンテナの、手を入れるための穴をガムテープで塞ぐ。さらに黒いシートで完全に覆う。手を入れるための穴を、ガムテープでふさぐ。六月下旬、納屋には玉葱とじゃが芋がぱんぱんに積まれるようになる。まさに宝庫だ。

夕飯は、さっそく新じゃが芋を使って料理する。包丁の刃を入れると皮はいともかんたんに剥《む》け、まるでたまごのようにつるりとした表面をさらした。

フライドポテト、オニオンリング、それにズッキーニ、ベーコン、じゃが芋、たまごなどで作ったキッシュ。ずらりとちゃぶ台に並べると、慶介さんは鼻息を荒げ、ようくんは眼鏡を直しながら無言で素早く着席し、悠太は身を乗り出してフライドポテトを強奪した。

「おいも！　ください！」

「ちゃんと持っていくから」

私は悠太の取り皿にフライドポテトを盛った。塩をふった、揚げたてのフライドポテトの熱さに悠太はびっくりしながらも、大好物なので食べることに奮闘した。

「うめー」

慶介さんも、それ以上の言葉が出てこない。ようくんは、それよりももっと寡黙になってしまい、三杯もおかわりをしている。

「とにかくおいしいものをたくさん作ってたくさん食べないと体が持たないよね……」

私がちゃぶ台の真ん中に言葉を投げても、返してくれる人がいないほどだ。

「あ、そうだ」

やっとようくんに、話ができる余裕ができたようだ。

「さっき犬の散歩をしていたら蛍がめちゃくちゃ飛んでましたよ」

「へえ、どこに？」

「北杉の入り口にある沢のほうでした」

「じゃあ食べ終わったら見に行こうぜ、片付けは後回しだ」

初夏の恵みを満足のいくまでお腹に入れて、勢いよく玄関の引き戸を開ける。梅雨の中休みで、月明りがまぶしい夜だ。

「あ、おきつさまいた！」

悠太が久しぶりとばかりに、月に笑顔をにじませる。

「おきつさま、おうちにどうぞ、おうちにどうぞ」

悠太は月に話しかける。月はいつも空にいるから、たまには家に入ってほしいとでも思っているのだろうか。

「ねえ悠太。あそこにちかちかしたとってもきれいなものがあるよ」

「ちかちかですか」

悠太は目を丸くした。それは蛍の大群だった。

「すごい……」

私は驚いた。蛍がみな、一斉に光ったかと思うとぷつんと光るのを止める。一瞬の闇がまた、一斉に黄緑色に輝く。躍動する銀河だ。

「こんな光り方をするなんて知らなかった」

「何か信号でも送り合ってるのかなあ」

慶介さんもあまり詳しくないようだった。

「何百匹いるんでしょうね」

ようくんがつぶやく。

「百じゃなくて千かもよ。天然のイルミネーションだね」

私はため息をつく。

「そうですね……夏のイルミネーション」

ようくんの眼鏡が、ぼわっと光った。スマホの画面を操作し、蛍を撮影しているようだ。

「ちかちかください！　ゆうたもちかちかほしい」

私の手を握って、蛍に差し出している。私は慌《あわ》てて納屋にかけこみ、虫取り網と虫かごをもってきた。悠太は一生懸命に網を振りまわす。

「あ！　できた」

「お！　ラッキーだな、悠太」

たまたま、網のなかに迷い込んだ蛍がいた。私は素早く出口を手で握り、虫かごに一匹の蛍を入れた。悠太は虫かごを両手ではさみ、ぐっと顔を押し付ける。じっと蛍を見つめる目が宝石のように輝いた。

お風呂に入って悠太を寝かしつけていると、ハーモニカの音が聞こえた。

「あ、ハーモニカだ」

「ようくんだね」

「今時珍しいよね、ハーモニカを吹く若者って」

「うん」

悠太の目が半分になり、やがて塞がった。それを見届けると慶介さんは頭の後ろで両手を組み、ごろりと大きく寝がえりを打った。

「ようくんは立派になったなあ」

「そうだね」

悠太を挟んで、三人で天井を見上げる。

「こんなに立派になった若者だけど、俺たちは何の保証もしてあげられないんだよなあ」

「うん」

私たちがようくんのために確保していることなんて、食事と屋根のある住まい、この二つだけだ。北杉での時間の過ごし方は、ようくん自身が自分で創りだしている。薪割りも、たまご拭きも、木の伐採も、ようくんが進んで引きうけてきたものばかりである。

「私、ようくんをこの寒村に閉じ込めてちゃいけないと思う。……いや、閉じ込めてるわけじゃないいんだけど、状態としてそうなっているよね。毎日毎日、ひたすら暮らすことに精一杯で」

駅前やコンビニの前で何をするわけでもなく、たむろしている制服姿の若者や、球場でバットを振って、ボールを投げ合っている、ようくんとは比べ物にならないくらいにゆとりのありそうな少年たちを思い浮かべた。ああいった集団のなかに、ようくんは入ってみたいと思わないのだろうか。やってみたいなら、今しかないのだ。

でも、きっと違う。ようくんはおそらく、誰よりも自分に厳しい。自分の居場所を精査して、追求している。北杉に来る前は、その力が強すぎて汲々《きゅうきゅう》としてしまっていたのだ。

「うーん。いつかは出ていかなくてはいけないことは確かだよな」

「遠慮しなくていいって言わなきゃいけないんだろうか。出ていきたくなったら、いつでもいいよって」

「なんか冷たくないか、それも……。自分でここに住みたいってはっきり覚悟してここに来たんだぞ。ようくんは」

私は口を噤《つぐ》んだ。確かにそうだ。ここは、厳しいようくんに認められた、厳しい場所だ。

そう簡単に見切って卒業していくような場所でもない。

「でも、俺たちがそういうことを考えて緊張すると、ようくんって誰よりも緊張を受け取る人だよね」

「たしかに」

緊張で、カントリーマアムにさえ手を出せなかった、最初に会ったときのようくんを思いだした。あの少年はきっと、お母さんと二人きりのマンションに充満した緊張感を、毎日浴び続けていたのだ。

自分には何ができるんだろう、ひょろひょろとした透明な手で道具を握って、手探りで自分の稜線を伸ばしていく。稜線はどんどん大きく広がって、ふわふわ浮いていた体は着地し、根を張っていく。まるで稲みたいだ。小さな窓をいっぱいに開けて、土蔵のなかで破天荒にハーモニカを吹いているようくんは、解放されているように見える。

「でもなあ、いくらなんでも土蔵のなかで吹いているだけじゃもったいないよな」

「うん、別に縁側とかでも吹いていいのにね」

「いや、そうじゃなくてさ……。どこかでちゃんとお披露目したらどうかな」

「え、ライブとか?」

「うーん、何かうちでイベントやって、みんなに来てもらって、そこで演奏するとか」

「なるほど……」

私はあくびをした。

「ずっと余裕なかったじゃん、俺たち。でも、何か面白いことをやってみたい気もする」

「じゃあ、これはどう？　収穫祭をやる」

「ん？」

慶介さんは素早く頭を持ち上げた。収穫祭という言葉にぴんと来たようだった。

「収穫祭というより、パーティって言ったほうが面白そうかな……」

「いや、絵梨ちゃん、それいいね。収穫祭ね。絵梨ちゃんも今年はお米を作ったでしょ？　そのお米を炊いたご飯とか、たまご、肉、野菜で……とにかくごちそうを作ろうよ。そして修治さんとか直哉さんとか、とにかくみんなを呼ぶ。いいね」

言ったそばから、うまくいくのかなと心配になった。

「楽しそうだけど……ちゃんとうまくいくかな。だいたい結婚式もやったことない私たちだし」

「お、いいじゃん、結婚式もやろうよ」

「はあ……、なんだか、ようくんの演奏会からずいぶん離れたね」

「全部やっちまおう。収穫祭、ようくんの成長お披露目会、結婚式。まあ、なんでもありのパーティって感じで、けじめだ、けじめ。こんなことを、俺たちはこの集落でやってますっていう報告を、まとめてやっちゃおう」

もし、何人もこの集落に集めて、自分の作ったご飯を食べてくれたら……私は田んぼの風景を思いだした。だとしたら、あの稲たちをちゃんと育てなくてはいけない。

ごちそうがたくさん並んでいるのを見て、大きな口を開けて喜んでいる悠太を想像した。その表情が、私の心を決めさせた。

「やろう、それ」


青田だ。うちの田んぼも、どこの農家の田んぼも青田だ。

農家の誰かが作って、それがあたりまえだと思っていた青田を、自分で作りだしたという驚きを噛みしめた。

「壮観だ」

畔で悠太と並んで腰を掛ける。悠太はまるまるとした足を水着から突き出して、満足そうにおにぎりを食べた。去年作ったお米の塩にぎりと、たまご焼き、それに胡瓜《きゅうり》の糠漬けが今日のお弁当である。

「あのねえ、おこめつくってるんだよ」

悠太も一人前にお米作りに参加しているという自負があるようだ。腰をかがめて禁欲的に草を抜く大人に対し、悠太は泥水のなかでたにしや蛙を子ども用のバケツに入れて、泥と泥の中の生き物と遊んでいる。

「稲さえ倒さなきゃいいよ、子どもにぐちゃぐちゃ踏まれることで田んぼの泥に酸素が混ざって、いい米になるって考えればいいんじゃねえの。ただ隣の人の田んぼや畔は絶対に崩すな。いいな、悠太」

田んぼに私たちを送り出すときに慶介さんが言っていた。稲は、空に向かって突き刺すように伸びていて、もう悠太には簡単に倒せないくらいにまで強くなっている。

「おとうさんこないね」

「お父さんは今日は畑だよ」

「ゆうたもはたけいってきたい」

「この一面ができたら私たちも畑に行こう、でもたぶん終わらないかなあ……いや、終わらない」

悠太は私のつぶやきの意味が分からないのか、何も言わずにたまご焼きを飲み込む。

毎日、闘っている。夏は、四方八方から農民に闘いを挑む。風、気温、太陽は農民を鍛えるにあまりある試練を与えるが、同時に水分を豊富に含む果菜類などの恵みも与えてくれる。秋葵《オクラ》、胡瓜、茄子、蔓茘枝《ゴーヤー》。日中は砂漠のように褐色になる土には、水分はほとんど含まれていないように見える。そのなかでどうしたら、水をこれだけ体内に蓄えた野菜ができあがるのだろう。

慶介さんとようくんは灼熱の畑にいる。上半身むきだしで鍬やスコップを握りしめている。特急列車が猛然と駆け抜けるように、二人は畑と田んぼと鶏小屋を東奔西走した。慶介さんの腕に、みしみしと筋が入っていく。あんまり動かしすぎるから、夏はこんなふうに筋ばっちゃうんだと、お風呂上がりに黒くなった腕をさすった。ようくんの肌は、夏になると慢性的に火傷している。体は鍛えられても、皮膚は鍛えられないらしい。鼻や腕が赤くなり、ずるずる脱皮して季節が秋になり、また色白の若者に戻り、そして春からまた赤くなる、というのを繰り返してしまう。ようくんが眼鏡を取ると、眼鏡を掛けているところだけは火傷を免れている。

六月のうちにあんなに確認したはずなのに、と私は舌打ちをした。稗はまだしぶとくも稲に紛れてしゃあしゃあと田んぼで息づいていた。稲のほど近くに生えているものは、稲を気遣いながら引き抜かなくてはならない。腰を伸ばして、全身で重力に逆らって伸びをする。

両手を突き上げると積乱雲が暗くふくらみながら迫ってきていることに気がつき、ますます追いつめられていく。

　ばしゃっと泥水のなかに大きなものが落とされたような音がしてふりむくと、悠太が上半身を畔道につっぷして動かない。すぐに悠太！　と叫ぶと、悠太がそれに少し遅れて空を引き裂くように叫んだ。畔道に登ろうとして、足を滑らせて顔を土に打ち付けたのかもしれない。いずれにせよ、すぐに泣き叫んだのならばと安心して、これを機に私は今日の田んぼ作業は打ち切ろうと決めた。やはり咲江さんか、誰かがついていてくれないと二人きりではできることに限界がある。泥だらけの悠太を、泥だらけの腕で抱き上げる。これから家に帰ったあとのことを考えながら車を走らせた。

　玄関には予想通りに段ボールが置いてあって、段ボールの上に布巾が掛かっている。なかにはおそらく秋葵《オクラ》、胡瓜、茄子、蕃茄《トマト》が息をひそめながら私を待っているはずで、私は彼らを見付け次第、処置に取りかからなくてはならない。何しろすぐに処置をしないと、あっという間に夏野菜は古くなってしまう。布巾をめくって肩の力が重く落ちる。

　蔓茘枝《ゴーヤー》や胡瓜は、佃煮に。醤油、砂糖、すこしのお酢でよく煮詰めて、蕃茄《トマト》は湯剥きして煮沸した瓶に詰める。茄子はバーミックスで攪拌してペースト状にしてパテにして……。夕方やろうか夜みんなが寝静まったあとだろうかとあわただしく思案する。

丹沢山塊の向こう側に日が落ちた。月も星もない暗い夜で、光を求めて集まってきた山じゅうの蛾が、まるでカーテンの模様のような、妙な密度で台所の窓に貼りついている。ふさふさとした毛や緻密な羽の模様に、時間がないはずなのに、ぞっとしながらも見入ってしまう。悠太はテレビを見ていたが、悠太のような幼児向けの番組が放送されている時間はとっくに過ぎてしまい、ちがうちがうと首を振り始めた。ああ、違う違う。塩と砂糖を間違えて使いそうになってしまった。上手くいかない。

「大丈夫かよ、焦んなよ」

台所で涙を流す私に慶介さんは怖い顔をして近づいてきた。急いで帰宅し、野菜たちの処遇を決めて動いたつもりだったのに、それに沿ってがたがたと動いていたらお風呂も夕飯もできなかった。縁側のむこうで、虫たちが合唱をする時間になってようやく畑から二人が帰ってきたのだ。

「私じゃダメだ、田んぼも畑も追いつけない」

「たいしたことねーだろ、一日夕飯が作れないくらいで」

「夕飯だけじゃない。お風呂もできてない」

「そうか。じゃあカップラーメンにするぞ。あと風呂はシャワーでいい、暑いし」

慶介さんは非常食やお菓子が常備されている台所の棚から、カップラーメンを取り出してきた。

「お湯は。ないの？」

「……ない」

「今から沸かそう」

「稗と、積乱雲と、落ちた悠太と……」

私は夕飯をちゃぶ台に並べられなかった理由を、並べた。

「よろしい」

慶介さんは、悠太を抱っこした。なかなか夕飯が出てこなくて悠太は泣き、私は夕飯を出せなくて泣いていた。ようくんは、四人中二人が泣いているという深刻な事実をすっ飛ばしてカップラーメンのほうしか見ていない。

「えーっ、カップラーメンなんて食っちゃっていいんですか」

「いいよ、こいつらの顔見ろ。もう今日はむしろカップラーメンしか許さない、非常時だよな」

ようくんはぽかんとした表情だ。なぜ泣いているのかがよく分からないらしい。その表情を見て、ようくんは初めから私に完璧さなど期待していないことに気が付いた。むしろカップラーメンを食べられるなんてと、私の不完全さを歓迎した。その頓着のない態度を見て、悔しくなった。

そうだ、きっと誰も私に完璧さなど期待していないに決まっている。育苗《いくびょう》まではなんとかできたけれど、草取りになると途端にまごついて進行も遅くなっている。稲と稗の見分けさえできない。私はある偽善に気が付いた。私は、慶介さんをどうやら欺いている。

米が作りたいなんて、いかにも虚飾を塗りたくった言葉だ。

健全な向上心のようにみせかけたそれは、闇の裏返しだった。食べたくない、本当は食べたくない。だからこれほど意地になって、稲を栽培している。しかも魂胆は決して出さず、毎日の暮らしが回転していくようにがんばっている姿を演出しているのだ。慶介さんは騙されている。騙されていると向こうが思っていなくても、私ははっきりと騙していて、それに無意識のうちに乗っているから、やはり騙されている。

目の前でせいせいと、ポットからカップラーメンにお湯を注いで、もうすっかり気分を換えてラーメンが食べられるのをわくわくしながら待っている三人を見て愕然とした。

「腹減ったー、腹減ったー」

慶介さんと悠太は歌を作って三分間さえも楽しく過ごそうと工夫している。三分経つと、わあと歓声を上げながらカップラーメンの蓋をとり、人工的な鶏ガラの匂いを吸い込んでいる。

どうしてこんなに人生が整理されているんだろう。

悠太もすっかり笑顔になって、慶介さんに熱い麺を取り分けてもらっている。私はビニールを開けてもいないカップラーメンをちゃぶ台の上に置いたまま、またひっくとしゃくりあげ、鼻をかんだ。

単純な人たち。私は三人を少し上から目線で見てみようとしたが、力の抜きどころを心得ている慶介さんには大人として敵わないし、まだ子どもっぽさの残るようくんの、無垢さにも勝てない。悠太に至っては、いつも根本的に満足している。私は完敗だ。

ふと、ようくんが眼鏡を曇らせながら、口を開いた。

「俺、カップラーメンって食べたことないんです。うまいんですね」

「え！　ないのかよ。一度や二度はあるだろ」

「いや、ないっす。外食ならたまにありましたが、家にいるときは、絶対、必ず、母の手作りの料理でした」

「絶対？　重いな、それも」

「はい、おいしいにはおいしいんだけど、必ずってなると、なんか念がこもってそう」

はははと二人が笑うと、私は心に弾がぶち込まれたような感覚を覚えた。ようくんは完璧さから離れたくてここに来たのだ。私は完璧さでもって、ようくんの解放を妨げる大人になってしまっているのかもしれない。

「絵梨ちゃん、適当にやろうよ」

慶介さんが大きすぎるくらいにずるずると音を立てながら麺を啜る。適当にやろうなんて、そんな言葉、適当に使わないでほしい。


青田のときは、あっと言う間に過ぎていってしまう。農家でなかったら穏やかに観察できた青田も、当事者となってしまってからは青田の美しさよりも青田のうちにやっておかなければならないことに萎縮していた。箕《み》にうちの発酵鶏糞を包み、田んぼの畔に立つ。風の向きを確認して、風下に向かって勢いよく箕を振り上げ、発酵鶏糞を田んぼに蒔く。ビッグバンの起きたあとの宇宙のように鶏糞が宙をくるくると舞い、田んぼに栄養たっぷりの鶏糞が降っていく。そしてまた、草取り。そして家に帰ればまた、あの段ボールだ。私は多角形の角を一つひとつそぎ落としていく。もうお風呂を沸かすのは諦めよう。暑いときはシャワーだけで十分だ。夕飯も、今日は買ってきたうどんでいい。天ぷらくらい作りたいが、薬味と炒りたまごと海苔だけでもおいしい。メイの散歩も、距離を短くすればいいや。作業を手放すことで、確かに楽になる。「食べられない自分」と「食べなくてはいけない自分」の両方を手放す必要があるように感じる。

稲はためらいなく、青に黄みがかかっていき、先端を下にさげていく。しなりはじめ、乾いた黄色に穂が変わるころ、籾が顔を覗かせた。いよいよ穂先にお米粒が宿り始めたのだ。

雀に食べられませんように。私は悠太をおんぶしながら、田んぼの周囲を、水糸を持って歩き回った。きらきらとした糸が風に揺れれば、雀はおどろいて田んぼにやってこないという。かかしを立てたり、風船をしかける農家もいる。かかしも風船もうちはダメだな、悠太が怖がってしまう。

「あ。台風だ」

私は慶介さんの横にかけよる。等圧線が木の年輪のように円を描いたものが日本に向かってやってくる様子を、黒枠のむこうで気象予報士が説明している。その他人事のような説明のしかたには非情な断絶を感じる。日本の南西沖に現れた円の予想進路は右に急カーブして神奈川県に鋭く向かってくる予報だった。

「うわ、しかもこっちくるわ」

「はーずれろ、はーずれろ」

私は一人でシュプレヒコールをあげる。稲の心配だけならばまだ気楽である。もし台風がこちらにきたときのことを本気で考える。山道が崩れるとうちの集落は孤立する。田んぼのほかには、薩摩芋の収穫や、来年用の玉葱の種蒔きもある。

「農家のこの時期はまじで寿命縮むよね」

台風直撃によって浸水したハウスやなぎ倒された玉蜀黍《とうもろこし》などの前でくず折れる農家のおじさんたちのことを、たとえ画面越しであったとしても、直視することは不可能だ。

「台風来る前に、俺、家の周りの樋《とよ》掃除しておいていいですか」

「おお、頼んでいい？　俺は鶏小屋にたくさん藁を敷いておくから」

「みんな、強いね……加持祈祷でもやりたいくらい」

「俺だってそうだよ。でも、できることから先にやんなきゃね」

くず折れるのも農家だが、常に立ち向かうのも、農家なのである。毎日でも山から田んぼまで下りて、様子を見に行きたかった。

空の高いところがとどろく。ぬるく、大きな風の塊が空から吹き、集落を、山を駆け抜けていく。空気が暴走する。大丈夫だ、もう寝るしかねえと、慶介さんは布団の上で呆然と座りこむ私の頭に言葉を乗せるように通りすぎ、布団のなかに入った。

「大丈夫なのかなあ」

「そんなの明日にならないと分かんないよ。やるべきことはやったから、そっち信じれば」

「そうだけど」

「気になる気持ちは分かるけどさ」

慶介さんは一度言葉を切る。

「台風と向き合うことも仕事の一つだからなあ。初めからそれを頭に入れて動かないと」

私は目を閉じた。体のなかにも暴風雨は侵入してきて、ひっかきまわされているような気分になる。

はたして本当にこれでよかったんだろうかと私の覚悟は揺らいだ。どうしよう。そもそも自分がお米を作りたいなどと言わなければ、慶介さんがやっていれば、追肥や水の加減など、もっと稲の成長を早める工夫とか、風で倒れないような工夫をして、台風の季節に入ってしまう前に稲刈りができていたかもしれない。要領の悪い私なんかが一年分のご飯を作るなんてふさわしくない選択をしてしまった。でも工程の八割程度のところを過ぎているのだから、このままやってしまうしかないのだ。

いつだって、野分けはやってくる。でも、疾風怒濤を直視せずにいつも逃げ、遠ざけ、距離を取ることで均衡を取ってきたこれまでの人生のような、姑息な手はもう使えない。だって体のなかにまで、野分けが入りこんできてしまった。もう逃げられない距離にまで迫ってきてしまった。川の水は鉄砲水となって堰を切ってじゃんじゃん流れ、中洲を削り取り、濁流は恐ろしいほどにチョコレート色をしている。風は暴れて田んぼを見守る私をなぎ倒し、稲をなぎ倒していく。田んぼに流れ込んだ大量の川の水が、しっかり根を張っていたはずの稲を浮かせて、田んぼごとめくりあげていく。プラスチックや空き缶などの、田んぼに入ってきてはいけないものが無残にも田んぼのなかへぶち撒かれ、籾には泥がかぶっている。鳥よけに張り巡らせていた水糸は引きちぎれている。私は倒されたまま、意識を失って稲穂と重なり合った。

ふと顔を上げると、太陽がぎらぎらと田んぼを照らしている。動かない空気がどんどん太陽に熱され、悠然と空から舞い降りてきた漆黒の鳥が籾をつつきにやってきて、食べ散らかしている。

待って！　駄目！　私が育てたお米なんだから！

私は立ちあがってとっさに泥を丸め、塊を鳥に向かって投げつける。驚いてひらりと飛び上がった鳥だが、柔らかい泥は怖くないとすぐに学習してまだしぶとくも田んぼに帰ってくる。

やり直しだよ、鳥はささやいてくる。幼いような、でも太いような声で耳に障る。うるさい、私は反論した。春からずっと必死でやってきたのに。すると鳥はせせら笑う。どんなにがんばったって言おうが、お米にならなきゃ意味がないんだよ。かあかあと、嘲笑のように声をあげて鳥は去っていく。私は全身に痛みを感じた。陣痛？　違うけれど、同じように痛い。うずくまり、そして突っ伏して泥だらけの畔にごろごろと転げる。野分けが、こんなに痛いものだと知らなかった。こんなにも痛くて、大切なものを奪って、何食わぬ表情で無慈悲に去っていくものだとは知らなかった。

置いて行かないで！　さっきまで憎たらしかった鳥を、急に追いかけたくなる。私はのたうちまわりながら手を振って、鳥に向かって叫んだ。野分けの行ったほうに行くなら、そしてまたどこかの田んぼのお米を食べるつもりなら、私も連れていってほしい。どうせなら私も暴れる風の一部になって、めちゃくちゃに荒らす存在になりたい。この惨劇から逃げ出したいんだ。こんなの知らない。私がやったんじゃない。

駄目だね。一瞬のうちに鳥は目の前に戻ってきた。壊されたら、また自分でやりなおすしかないんだよ。もう逃げられないさ。

とどまってごらんよ。こぼれた籾が割れて、また新しい芽が生えるのを、お前はしっかりと見たこともなく、これまでずっと逃げてきたんだろう。

お前がやらないでどうする。お前がやりなおさないでどうする。

力が抜けていく。鳥は去っていき、私は混沌とした田んぼを眺め、あっと声を上げる。

鍬だ……。

鍬が畔に転がっていた。うっかりと置き忘れたのかもしれない、それともどこかの農家の持ち物が流れ込んできたものかもしれない。

私は鍬に駆け寄り、握りしめた。握り慣れた、したたかな感触が私の体に力を注ぎこんだ。口を噤む。鍬で田んぼの土をひっくり返した。

すると、野分けのやってくる前の、丹念に手入れした田んぼの土が顔を出した。助けてほしかったと言わんばかりにほわっと湯気を出して、土は現れた。腕は意志と関係なく動いた。運ばれてきた泥をかきだし、以前と同じ姿を取り戻すべく、私は稲を救出し、ゴミを排し、土を掘った。汗がにじんだ。喉がからからになった。でも体の芯は、じわじわと潤っていった。

自分が耕さないでどうする。自分の心を、自分が耕さないでどうする。


朝。私はつんのめるようにして雨戸を開けに縁側に出た。雨戸の隙間から鋭い光が差してきて、台風のあとの強烈な晴天を予測する。蕃茄《トマト》のビニールトンネルは風でめくれあがり、地這い胡瓜は泥だらけ、縞綱麻《モロヘイヤ》はなぎ倒され、茄子や空芯菜《くうしんさい》や獅子唐は茎からぼきぼきと折られてしまった。戦場のあとのような畑に、何事もなかったかのように太陽は昇っていた。でも、大量の水が畑に入りこんでもすぐに流れていくように排水溝を鍬で掘っておいたことで、畑はさっぱりとしている。なぎ倒された野菜たちが起きあがってくれることを望む。そして田んぼ。朝食が終わると、大急ぎで田んぼに向かう。

穂先にぎっしりと籾を湛えた稲たちは、好き勝手な方向に倒れていた。私は携帯電話でその様子を写真に撮り、慶介さんに送信した。

「このくらいなら大丈夫だと思う。いいかんじだね、お米」

「そう……」

「明日、稲刈りやっちゃおう」

耳元で慶介さんの声が張っているのが分かった。


台風は大地を舐めるようにして走っていった。畑から、泥にまみれた茄子、秋葵《オクラ》、蕃茄《トマト》などを救出して、台所でよく洗う。冷凍庫から、解体した鶏の手羽先を出す。夏野菜と鶏肉のカレーの匂いがかやぶき屋根の内側いっぱいに広がる。

「かれーだあ」

カレーが大好きな悠太は、口も顎もカレーまみれになった。

台風一過の日本列島をニュースが報道しているのを、皆で見た。何棟もハウスが潰れてしまった農家や、濁流に削られた河川敷や、山崩れで寸断された農道などの映像がどんどん入れ替わって流れ、そして今後の天気予報に、話は変わっていった。黒い枠の向こうで等圧線が穏やかな波のように日本の上空にかかっている様子を、予報士が説明した。あすは晴天なり。私は腹をくくった。

「明日は、稲刈りだ」

「おう」

慶介さんも頷いた。


縁側にカレーの匂いが漂う。

ガラス戸に差し込む月明りがまぶしく、台風のあいだは息をひそめていた虫たちが、再び大合唱を始めた。

「昔、田んぼの草取りは、夜になってから始めたんだって」

「え？　暗くて見えないじゃない」

昼間によく見ても稲と稗を平気で間違えて失敗してきたこの夏の経験からしたら、慶介さんの言っていることはまったく理解できない。

「こういう月が大きく見える日だよ。月の光が田んぼの水面に反射して、田んぼは夜も明るいんだって。延々と作業が続くから、みんなで歌を歌ったりしながら進めたってさ」

「そうだったんだ。たしかに昼間にやったら暑いしまぶしいしで辛いもんね」

「うん」

縁側で梅ジュースを飲みながら慶介さんは月を見上げる。松虫、飛蝗《バッタ》、蟋蟀《こおろぎ》たちの大合唱で、人間の言葉が遮られるほどだ。虫たちの音は雑木林の木々が喧嘩しないのと似ている。それぞれが好きなように音を立てているけれど、全体として山奥に響き渡る大合唱は調和が取れているのだ。

「さ、早く寝るぞ。明日は稲刈りだ」

「大丈夫かなあ」

「うーん、俺が見る限りでは、結構うまくいっていると思います」

急に敬語だ。

「草取りを丹念にやりましたね、あと追肥も草刈りも、いいでしょう」

「なんか成績表を渡すときの学校の先生みたいだなあ」

成績表にたいして良い思い出のない私は裸足で床を蹴ってくるりと一周してみせた。

「がんばりましたね」

最後に慶介さんの掌が私の頭のうえに乗った。

虫の啼き声のなかに、笑い声が混じり合った。

翌日。慶介さんとようくんはトラックに稲刈り機を乗せ、鎌、ガソリンなどを用意する。私はひたすらおにぎりを握る。ボウルに水を張り、濡らした手に塩を載せ、ご飯をぎゅっと両手で握った。夏のあいだに塩漬けし、よく干して梅酢に漬けこんだ梅干しを裂き、ご飯のなかに押し込んで梅干しのおにぎりを作る。生姜も梅酢に漬けこんであることを思い出して、樽のなかから取り出してくる。細かく切って箸休めとして重箱の隅に詰める。甘藍《きゃべつ》と、スーパーで見つけたウィンナーを包丁で切り、バターで炒めて蒸す。隠元《いんげん》のヘタを取り、よく茹でて胡麻和えにする。重箱に隙間なく並べて、お箸とおしぼりと、飲み物をジャグに準備する。家を出てモコに食糧と水分を乗せたあと、家に戻って部屋のふすまを開ける。悠太はちょうど目が覚めたようだった。布団の上で正座し、重いまぶたを何度も上げたり降ろしたりしている。

「悠太、朝だよ、朝ご飯だよ」

「たべないよっ」

悠太は最近、気持ちと反対のことを言うのが大好きだ。私ははははと笑って台所に戻り、味噌汁を作る。ご飯が炊け、熱々の味噌汁と、人参葉を炒めて鰹節と胡麻を混ぜたふりかけができるころに、引き戸を勢いよく開ける音がした。

「おーい、初生卵産まれたぞ」

慶介さんが大きな声を上げながら玄関に上がってくる。その声に引き寄せられるように悠太が部屋から出てきて、玄関に駆け寄った。

「ほんと？」

「一個だけな」

三月から育てていた雛がついにたまごを産んだ。

「おめでたいね」

「一個しかないから、これは悠太にあげる」

「たまごください」

悠太は両手で丁寧にたまごを受け取った。両手を開いたり閉じたりして、悠太はたまごの様子を見ている。

「ちょうどよかった。今朝はたまごかけご飯を食べる予定でいたから」

茶碗にたまごをぶつける。ご飯の上で、両手でたまごの殻を割るとみしみしと音がして、ご飯のうえにたまごが君臨する。悠太は大成功して、小さな茶碗に盛られたご飯の上に、ちょこんと黄色い初生卵が載った。結婚を決めた日の朝のことを、思い出していた。あのときも、ご飯のうえで揺れたのは小さな初生卵だったっけ。

「稲刈りにちょうどいい陽気だわね」

「はい。天気予報が当たってよかったあ」

田んぼにかけつけた咲江さんは、麦わら帽子にマスク、手っ甲などで体を覆っている。完全武装がやる気の高さをうかがわせる。咲江さんは私の車のトランクを開けて、ジャグや重箱を出している。運んどくよと言って畔道のほうに持っていった。

「あっ、さらちゃん」

悠太は車から飛び降りてすぐに叫んだ。美紀子さんにもあらかじめ連絡を取って、稲刈りに招待したのである。

「こんにちは」

美紀子さんもつばの広い帽子をかぶり、軍手と長靴で装備している。

「美紀子さん、ありがとうございます」

「いえいえこちらこそいつもありがとう。年末にまたおいしいお餅を食べたいから、稲刈りもちゃんと手伝わないとね」

美紀子さんの笑顔は台風の抜けた空のように爽やかだった。

「あはは。ありがとうございます。交代で見ましょう」

私は悠太と紗良ちゃんを交互に指さした。美紀子さんは苦笑し、そうですねと言った。大胆なのは紗良ちゃんのほうで、悠太の手を引いてぐいぐいと畔道に行ってしまう。あわてて二人の背中を負うと、さっそく二人は畔に膝をつけ、雑草のなかに目線を配らせているようだった。

草の中からでてくるものは蛙でも蟷螂《かまきり》でも蟋蟀《こおろぎ》でも、なんでもいいのだ。この二人はまだ幼稚園などにも行かない年齢の、空から降ってきたばかりのような人間なのだ。分類されていない世界のなかで、ふわふわと地表に降り立ったところなのだ。これから、根を張っていこうとしているのだ。そのうちこの二人の頭の中は、土のなかで根が伸びるように知ったことや感じたことが分けられ、伸びて、枝に分かれ、細かく長くなっていくのだろう。分けられることはよいことでもあるけれど、同時に空にいたときの自由は忘れられていくのだ。でもそれが、この世界で生きていくということでもある。

畔を覗き込む二人を見守っているうちに、大人たちの手はどんどん進んでいく。咲江さんと美紀子さんは右手に鎌を握り、大きく太くなった稲の株元を左手でしっかり押さえ、鎌の刃で一息に刈る。水分の抜けた稲は軽やかに切断される。

慶介さんとようくんは、稲刈り機で稲を刈りこんでいく。刈られた稲は機械のなかで自動で紐でくくられて束になり、ばたんと地面に倒れていく。それをどんどん拾い上げ、はざがけの作業に入っていく。

美紀子さんと交代して、今度は私が鎌を握る。かさかさと水分が抜け、人間の腰ほどの高さに成長した稲穂がちくちくと服や腕を刺してくる。株元を勢いよく左手で掴み、右手で握った鎌を当てる。息を止めて、思い切り鎌を手前に引き寄せる。

稲穂たちはまるで驚いたように、わさわさと音を立てて一気に切断された。切断された株元を見ると、稲一本一本は鉛筆のように細く、真ん中が空洞だ。細く、でもぽっかりと深くあいた空洞の異様な黒さを見つめて少し寒くなる。腰を深く下げる。何百という株元を切断していく。息を止めてお腹に一気に力を入れた瞬間に鎌を引き寄せる。腰はどんどん深くなり、そしてお腹にはどんどん力が入る。やればやるほど、私と稲の息は合っていく。稲と対話している。

はざがけは、洗濯物を干すように、稲を天日干しにするという作業だ。山から切り出した竹で竿《さお》を作り、物干台のようなものを田んぼに建てていく。数日間、野外に建てっぱなしにするので、鞏固《きょうこ》な干し台にしないといけない。全身の力を竹に託し、ぐりぐりと深く田んぼの土のなかに竹を立てる。三本の竹を畳紐で縛り、三脚を作る。二つ三脚を田んぼに立てたら、そこに一本の長い竹を渡して、物干し台を完成させる。これを田んぼのなかにいくつも作っていく。

みるみるうちに田んぼの土はむき出しになり、それまで稲に守られて、こもっていた空気が一斉に空に向かって立ち上った。

「うー、この匂い」

稲の香りが体のなかに入ってきた。稲は天日干しされることで甘みをたくわえ、香りも増す。稲のなかに安住していた虫たちが、あわてて畔のほうに向かって大行進を始める。安心する場を求めて移動するのはおそらく人間も他の動物も同じで、悠太と紗良ちゃんは手や膝をついて虫の大行進を追う。

「ここはまだ弱いよ、これじゃ風が来たら倒れる」

慶介さんが通り際に、私の立てた竹の三脚をやり直しにやってくる。私の力ではめいっぱいのつもりでも、慶介さんが少し力を入れて揺らしてみると、竹はぽかっと簡単に抜けてしまった。

「あーあ、難しい」

「やり直しー」

私は渾身の力を傾けて土に竹を刺す。ずぶずぶと竹の先端が入り、ようやく固い土台ができあがった。

うちはお米の販売ができるほどは作っていない。自家消費と、地主への年貢米、花本さんや修治さん、咲江さんたちに分けるだけでほぼいっぱいである。この程度の量ならば、稲刈りは一日で終わる。

新緑の時期から用意してきた作業が一日であっけなく終わった。これまでへばりつき、しがみついてきたことがふっと私の手を離れていく。これでいい。大きくなった子どもが、もういいといいわんばかりに親の手を離れていくのと似ている。

「やればできるんだなあ」

無事にはざがけが終わった田んぼの畔に座る。秋の畔はひやりとしている。景色はこの一つの昼間のあいだで一変し、何百枚もたまっていた洗濯物を一斉に干しあげたような田んぼが広がる。

「おかあさんおめめがいたい」

稲刈りをした田んぼには埃が舞う。地面に近いところに視線を置いていた悠太の目に埃が入ってしまうのも無理はない。

「こするよりも、目をぱちぱちしてごらんよ」

悠太のまぶたは重そうだった。

「眠くなっちゃったかもね」

美紀子さんはすでに眠ってしまった紗良ちゃんを背中におぶって、メトロノームのようにゆっくり体を揺らしている。

「そうかも」

「ご苦労さま、もうちびちゃんたちはお昼寝だね」

落ち穂を拾っていた咲江さんが最後の見回りを終えてやってきた。

「ご苦労さまです」

私は悠太を抱っこして、車のなかのチャイルドシートに座らせた。鎌や、食べ終わった重箱やジャグを車に乗せると、ちょうど慶介さんはトラックの上で稲刈り機をロープでくくり終え、トラックの荷台から声を上げた。

「みなさん今日は本当にありがとうございました。まだまだ脱穀、籾すりと作業はたくさんありますが、これで大きな区切りになりました。今年は嫁がけっこうがんばってお米作りをやっていたので、秋に収穫祭をやりたいなんて話しています。一緒に新米を食べましょう！」

咲江さんや美紀子さんがぱちぱちと拍手をした。私は肩をすくめた。

せいせいとした田んぼを一瞥し、車のドアを閉める。助手席のチャイルドシートに座っていた悠太の目が塞がって寝息が聞こえた。

自分で、自分の人生を生きることはきっとできる。

稲の株元を力いっぱいに刈りこんだ手の感触を思いだす。そう、あのときみたいに、種蒔きから収穫までを請け負えたときのように、腰とお腹に力を入れて覚悟すれば必ず。自分は生きていていいに決まっている。自分を承認してあげられるのは、覚悟の決まった自分自身に他はない。許せるときがきっと来る。

十一月三日、文化の日、晴天なり。

MENU

蕪と二十日大根のマリネ
小松菜など数種の青菜のおひたし
里芋と人参と椎茸の煮物
猪と根菜の汁物
春菊、玉葱、人参の天ぷら
新米のたまごかけご飯
焼き鳥
ローストディア
蕃茄《トマト》と法蓮草《ほうれんそう》と鶏ハムのキッシュ

名刺大の紙にすられたお品書きの紙と、実際の料理を見比べる。

物置から出してきたちゃぶ台と普段使っているちゃぶ台を連結し大きなクロスをかけた。まるで舞台のように大きくなったテーブルの上にお品書きと前菜類を並べて、主婦三人はにんまりとする。

「ごちそう」

「すごい達成感」

「作りすぎじゃない？」

「全然大丈夫、食べちゃうでしょ」

「ご飯は二升も土間で一気に炊いちゃったし」

「居酒屋、フレンチ、イタリアン、和食」

「なんでもあるかんじね」

「すごいのは、これ全部、うちの食材で作ったってこと」

私と美紀子さんと咲江さんはつぎつぎに、前日からの自分たちの努力を称えた。この日のために結婚式のようにペーパーアイテムをそろえ、招待状をはがきで発送しておいたのだ。一キロの米袋のなかに新米を詰め、まるで引き出物のようなお土産も作った。

「今日はところでどんな人が来るんだっけ」

咲江さんは私に聞いてきた。

「えーと、修治さん夫婦と、あと……」

そう言いかけたら、引き戸が開いて修治さんと絹子さんがやってきた。

「こんにちは、元気かよお」

「もう外からも、すごくいい匂いがしてきたよ」

私は修治さんと絹子さんにあいさつした。

「どうだよ今年の米はよお、あんたが作ったらしいじゃねえかよ」

「今年はよかったって夫が言ってます。今日はぜひ召し上がってってくださいね。土間でたくさん炊いたんです」

修治さん経由で、北杉のかつての住民を十名ほど招待していた。それぞれ高齢になられた住民の、ある人は杖をつきながら、ある人はヤッケ姿で到着し、あいさつを交わす。皺の深く刻まれた顔同士がいくつも集まって、打ち上げ花火のように昔の話を勢いよく話しあっている。

「いやあ、北杉に来るなんて久しぶりだあ」

「土地があるっても、よほど何かのきっかけがないと上がってこれねえ、ありがてえよ」

「おう、ここの若者がな、俺たちの同窓会を企画してくれたんだよ」

「この若者たちは、ほんとよくやってくれてんよ」

「昔ここからは歩いて学校まで通ったんだあ、四キロを毎日毎日、牛の乳をしぼって缶に入れて、それをしょって下りたもんだあ」

「一年生のときから自分たちで歩いて通ったよ」

「鹿や猪はずいぶん増えたっていうじゃねえか。もっとこの若者にがんばってもらわないとなあ」

修治さんは今日の集まりのことを同窓会と呼んでいたらしい。客人は途切れずに玄関の引き戸を開けた。


小皿を運んだり飲み物を用意したり慶介さんを呼んでいるうちに、部屋の隅で紗良ちゃんとプラレールで遊んでいた悠太が大きな声をあげた。

「うわあああ」

テーブルの上の料理に気が付いた悠太が大きな口を開けた。

「おかあさんたまごたまご！　ゆうたもぱかする」

「じゃあ悠太と紗良ちゃんはおててを洗いましょう」

洗面所の蛇口で二人の小さな手を石鹸で洗ってタオルで拭くころには、咲江さんが猪を煮込んだ味噌味の汁物を運び、美紀子さんが茶碗に新米ご飯をよそって運んでいた。私はグリルに入って焼きたてになっていた焼き鳥をお皿に載せて運ぶ。料理から湯気が溢れ出る。そしてまだ、大事なものが冷蔵庫に入りっぱなしだった。

「おーい絵梨ちゃん、早くしてくれよ。みんな座ったよ」

「待って待って、今冷蔵庫から……」

美紀子さんと咲江さんは口元をほころばせた。私はデコレーションケーキを運んだ。見た目は大きなホールのケーキだ。ホイップクリームで表面を白く覆い、スライスした柿と無花果《いちじく》がデコレーションされている。中身は黄色と橙の二層になっていて、南瓜と人参がそれぞれスポンジに練りこまれている。ケーキを切ると、その断面がきれいに見える細工である。

海のように広げられた料理の真ん中にどんと置いて、私は言葉を添える。

「この収穫祭のお祝いと、悠太の四歳のお誕生日なので」

「そうかあ、今日はボクのお誕生日かあ」

修治さんがそう言うと、集まった皆の顔がゆるむ。

「はい。文化の日に産まれたんです」

「じゃあ、まずは料理をたくさん召し上がってください。ケーキはそのあとで。みなさん、今日はわざわざこの集落に来てくださって、本当にありがとうございます。それではいただきまーす」

慶介さんの声で食事は始まった。

それぞれの料理に、つぎつぎと箸がつけられていく。

すべてが、ここで創られ、料理されたものだ。果物、たまご、肉、野菜、お米。どの料理にも、北杉での暮らしの匂いが籠められている。

「世界一！」

私が小さく叫ぶと、隣にいた美紀子さんも本当ね！　と同じ口調で叫んでくれた。咲江さんは、猪がまだちょっと固いかしら、とか、あそこのお年寄りは食べられるか心配、などと言っていたが、そのうち食事に集中していった。おしゃべりでにぎわっていた食卓もいつのまにかしんとして、箸を動かす音や、咀嚼《そしゃく》する音が聞こえてくるのみになった。

一通り皆の胃が落ち着いてきたころ、慶介さんは焼き鳥を片手に話を始めた。

「みなさん、えーと……話すのはうまくないな……食べながらで恐縮なのですが、お話をさせてください。僕がこの集落に来たのは七年前でした。まだ二十代半ばの怖いもの知らずで乗りこんできて、きっとここにいらっしゃるみなさんの中には、続くわけないとか、甘く見るなと思った方もいらっしゃる……いやほとんど全員がそう思われたんじゃないかな……」

普段の喋り口調でしゃべればいいのに、あいさつとなるとたんに日本語がたどたどしくなってしまう。

「まあとにかく、たしかにここは予想以上のことが多くて悩みました。獣害で夜も眠れないし、日当たりがどうやったらよくなるのか、修治さんにもよくご相談させてもらったりもしました。修治さん、本当にありがとうございます」

修治さんは目じりを下げてすこし笑っていた。

「それで、やっぱり僕が思うのは、人の世を離れてみて改めて、助け合うことの重要さが分かった気がします。こんなにおいしい料理をみんなで囲めているのも、みなさんのおかげです。それから、出会ったときはひょろひょろだった嫁とようくんが、立派にムキムキになってくれて、とっても嬉しく思います。今日はいろんなお祝い会になってしまいました。悠太のお誕生日と、結婚式をやっていない僕たちのお披露目会というか……あと修治さんいわく同窓会。今日みなさんにお出ししたご飯は、夏のあいだ、嫁ががんばって作っていました。その労をねぎらう会。まあ、いろいろおめでたいってことで！　あ、それからもうじき素敵な企画があるので、それまでみなさん、召し上がっていてください」

そしてまた慶介さんは焼き鳥にかぶりついた。

「あれ？　そういえばさっきから洋一がいないね」

咲江さんは家のなかを見渡した。

「ようくんはさっき、準備してきますって一言言って、土蔵に行きましたよ」

「準備？」

咲江さんは首を傾げた。

「そうそう、今日の収穫祭の隠れたメインはようくんなんです」

私が咲江さんに説明すると、慶介さんにつっこまれた。

「隠れたメインってなんだよ」

勢いよく引き戸が開き、ようくんがハーモニカを持ってやってきた。ようくんの大きな手に握られた銀色の長細い箱はとても小さく、マッチ箱のように見える。

フワッとようくんが音を滑らせるようにハーモニカを吹くと、家のなかに新しい風が入りこんだようになった。私と慶介さんは目配せして拍手する。なんだ？　と言いながらもなんとなく拍手が広がり、徐々にこれから何かが始まる予感をもたらした。

ようくんが立ったまま、困ったように慶介さんを見ているので、慶介さんはとっさに説明した。

「ここに入居している洋一君が練習したハーモニカです。夜にようくんが一生懸命吹いているのがとてもきれいな音なので、みなさんの前で演奏してみたらどうかということになって、今日はそのお披露目をしてくれるそうです。じゃあようくん、お願いします」

「……あ、あの、知っている曲を吹くと思うので、一緒に歌ってください」

調べが流れると、しばらくして修治さんが呻き声ともつかぬ泣き声をあげ、絹子さんが「やだよおこの人はまったく」と言いながら隣で笑っている。

夢は今もめぐりて　忘れがたきふるさと

ようくんが吹いたのは、『ふるさと』だった。大きな体からは信じがたいほどに、旋律は細く、きっちりとしていて、軽やかな音が家のなかをゆったりと流れていく。きっとようくんは、この音色のままの人だ。まるで魂を手に取ることができるくらいに、音はようくんそのものになって北杉に響く。

もう一人、呻き声を上げた人がいる。

「知らなかった……」

咲江さんだ。私はとっさに咲江さんの座っているほうに駆け寄る。背中に手を置くと、咲江さんは背中を丸めて泣いた。

「毎晩よく、ハーモニカの音が土蔵から聞こえてきたんですよ」

「そうだったの……。全然知らなかった」

「ていうか、ようくん、そのハーモニカどうしたの」

慶介さんが訊いた。

「これは……土蔵の中にあったんです。ものすごく古かったけど、磨いてみたらきれいで、使えるのかなと思って。楽譜もあったから、それを見て練習しました」

「そうだったんだ。私、家から持ってきたのかと思ってた」

「いえ、うちは楽器は何もなくて……」

ようくんは照れながらぎゅっとハーモニカを握る。

「咲江さん、子どもの成長って、親のほうがついていけないものなんですね」

「……絵梨ちゃん、本当ね」


「みなさーん。これからお誕生日をお祝いしようと思います」

私がようくんに目配せすると、ようくんは立ちあがってハッピーバースデーの曲を吹いた。

皆が歌を歌い、最後に「ゆうたくーん」と名前を呼んだ。悠太は自分の名前が突然呼ばれたので、猫のように注意深い目をした。

「おかあさん、だあれ？」

「あなたの誕生日。今日で四歳でしょ」

「きょうでよんさい」

悠太が復唱すると、

「今日はめでてえことばっかりなんだなあ」

と修治さんがしみじみと口を挟み、絹子さんが「やだよお、まったく急に」とまた修治さんを隣で諫める。珍妙な二人のやりとりに皆が笑った。

取り分けたケーキが悠太の前に置かれると、悠太はクリームを指で掬いとって舐めた。

「くりーむ！」

悠太がキャッと笑い、その笑顔につられて、また皆が笑う。

北杉には悠久の歴史がある。

たくさんの子どもが笑うような時代もあれば、荒廃しつくして多くの人が見放していた時代、牛乳の入った大きな缶を背負って、多くの人が往来していた時代。どの時代も、北杉での事実だ。その事実を、今は私たちが創りだしている。一同にテーブルを囲む人を見ると、どの人の姿にも、それぞれの歴史を担い、苦労し、喜んできた時代が刻まれているように思った。

みんなで北杉を生きてきたし、これからもみんなで北杉を生きていく。

私はにぎわう空気を思い切り吸い込んで、お腹がいっぱいになったところで、大きく吐きだした。

「なんだ？」

長い息を吐き出す私を見て、慶介さんが首を傾げる。

「私、覚悟が決まったよ」

「何の？」

慶介さんに、いつか言おうと思う。これまでのことと、これからのことを。

かやぶき屋根の外では、秋桜《コスモス》と水引が揺れる。

了

受賞の言葉

暮らしと小説には、面白いつながりがあります。

書けば書くほど、秋の紅葉が目のなかに映え、脱穀したばかりのお米は美味しく、薪割りをする斧を持つ手は強く、いたずらを企てるこどもの目がきょろきょろと動くのが愛らしく感じられるようになりました。全力で書くことは、全力で暮らすことと、同じだったのです。

このたびは、「暮らしの小説大賞」を授けてくださり真にありがとうございます。私のような農家のおばちゃんには身に余る栄誉と感じ、喜び半分、畏れ半分です。

私は〝神奈川県最後の秘境〟と謳われる丹沢の、限界集落に住んでいます。集落の標高は450メートルほどで、市街地から自宅へ通じる山道は、大風が吹けば岩が落ちてきて、大雨が降れば崩落します。その山奥で、畑の土と、土間の煤と、野山の雑草の匂いにまみれながら執筆しました。

一月に一次審査を通過したことを知ったときはたいへん驚き、つい気が大きくなって山道に転がっている岩の上を車で乗り越えてしまい、タイヤがパンクすること二回。あやうくスズキのアルトが廃車になってしまうところでした。

選考過程ですでにこれほど動揺していた私でしたが、受賞の一報をいただいたときの気持ちは不思議なほどに引き締まっていて、「暮らしの小説大賞をいただいたのだから、今後もますます〝暮らし〟を深め、同時に自分の書き方も確立していこう」という思いに駆られました。暮らすことを忘れて執筆をしたら、面白いものが書けない。執筆をせずに暮らしてばかりいたら、感じたことが日常のなかに埋没していってしまう。小説と暮らしを結び合わせていく作業は、私が生きる限りに続くのだと自覚しました。

こんな気付きをもたらしてくれる文学賞は他にないと思います。

作品を評価してくださった選考委員の先生方、産業編集センターの皆さま、関係者の皆さま、本当にありがとうございました。

二〇一六年　　　和田真希

本書は第三回暮らしの小説大賞受賞作（二〇一六年五月発表）「遁」に加筆し修正を加え『野分けのあとに』と改題したものです。

和田真希

Maki Wada

1984年静岡県富士宮市生まれ。多摩美術大学美術学部卒業後、ヨガインストラクターを経て、2011年より神奈川県西丹沢の限界集落に移住。農的生活のなかで、子育て、絵の制作、執筆を行う。第三回「暮らしの小説大賞」を受賞しデビュー。

野《の》分《わ》けのあとに

2016年10月21日　第一刷発行

著者　和田真希

発行　株式会社産業編集センター

〒112-0011東京都文京区千石4-39-17

印刷・製本　大日本印刷株式会社

ISBN978-4-86311-139-4　C0093

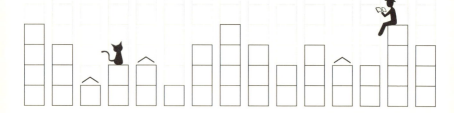